JN078172

Summer Ghost

Original: loundraw

Novel: Otsuichi

集英社

装画　loundraw（FLAT STUDIO）
装幀　有馬トモユキ（TATSDESIGN）

この作品はフィクションです。実在の人物・団体・事件とは一切関係ありません。

一

線香花火の先端に火球が膨(ふく)らんだ。紙縒(こよ)りに包まれていた火薬が溶け、高温の雫(しずく)となってぶら下がる。

火球は上側よりも下側の方が明るく発色が良い。熱によって温められた周囲の空気が上昇気流を生み出し、下方向から酸素を送り込んでいるためだ。火球は小刻みに震えながら、やがて、ぱちぱちと火花を放ちはじめた。

一瞬、激しく光が放たれる。急に虫の声が消えて辺りは静かになった。この感覚は一年ぶりだ。時間がひきのばされ、この世とのつながりが希薄になっていく。この場所でしか生じない奇跡だ。

僕の横にあおいがいる。

反対側に涼(りょう)が立っている。

三人で囲むように線香花火を見つめていた。

「ひさしぶりだね、こうやって三人であつまるの」

あおいが言った。

僕はうなずく。

「そうだね。最近ちょっと忙しくてさ。やっと帰ってこれたんだ。待たせてごめん」

「気にすんなよ。会えるだけでうれしいぜ。あれから一年も経ったのか」

涼は空を仰(あお)いだ。

朝が訪れる寸前の空は、黒色というよりも、濃い青色だ。

とある女性の姿を、僕は思い浮かべる。

儚(はかな)く、淡い、不確かな存在の彼女のことを。

二

一年前の夏休み。僕はビルの屋上に立っていた。

地面を見下ろして想像していた。もしも屋上から飛び降りた場合、何秒で落下し、地面に叩きつけられるのだろうかと。

自殺志願者の男性のうち、飛び降り自殺を選択するのは、全体のおよそ七パーセントだという。高い建築物のある都市部で圧倒的に多い。気をつけなければならないのは、他人を巻き込まないこと。通行人の多い場所で飛び降りた自殺者が、下にいた人を巻き添えに殺してしまうケースが頻繁（ひんぱん）に起きている。しかし、自殺を決行する者の何割かは心神喪失の状態であり、通行人の心配などできないのだろう。

僕が自殺をする時は、どのビルから飛び降りるのがいいだろう。確実に死ぬためには地上二十メートル以上の高さがあることが望ましい。暇な時に候補を絞っておくべきだ。ぼんやりとそんなことをかんがえていたら、スマートフォンにメッセージが届いた。待ち合わせをしていた二人が、店に到着したらしい。

屋上を離れ、エレベーターでカフェのあるフロアへ向かった。店内に入ると静かな音楽が流れている。冷房が効いて涼しかった。窓際の丸いテーブルに高校生くらいの私服の男女がいて、こちらをじっと見ている。初対面だったけれど、すぐにわかった。女の方が春川(はるかわ)あおい、男の方が小林涼(こばやしりょう)に違いない。数日前からメッセージのやり取りをしている二人だ。

彼らのいるテーブルへ近づく。

「あおいさんと涼君ですよね」

「あ、はい」

緊張した面持(おもも)ちであおいが会釈(えしゃく)をする。小動物を思わせる、小柄でかわいらしい女の子だ。

「よろしくな、友也(ともや)君」

涼が片手をあげて僕の名前を呼ぶ。ストリート系のファッションが印象的だ。顔立ちが整っており、仕草が様(さま)になっている。

椅子(いす)を引いて同じテーブルにつく。丸テーブルなので、僕たち三人は百二十度の角度で向かい合うことになる。まずは飲み物を注文した。すこしだけ雑談をして、初対面の緊張をほぐす。お互いの年齢や居住地域が会話から判明した。僕と涼が十八歳の高校三年生、あおいは十七歳の高校二年生。それぞれ電車で数駅ほどの場所に自宅があるらしい。

一息ついて本題に入ることにした。鞄から地図を出してテーブルに広げる。

「さて、そろそろ、【サマーゴースト】の話をしようか」

郊外の県境に、かつて飛行場があった。日中戦争の時代に日本陸軍の要望で建設されたその飛行場には、第二次世界大戦末期、首都圏に飛来する爆撃機を撃退するための戦闘機隊が配備されていたという。戦後になると民間の航空会社が離島への不定期便発着のために使用していたが、しばらく前に経営破綻(はたん)し、飛行場は閉鎖された。ターミナルビルや管制塔はすでに解体され、滑走路のある広大な敷地だけが残っている状態だ。現在、土地の有効利用について県が協議しているというが、僕が物心ついた時からずっと変化がないので、忘れさられているようにしか見えない。

時折、その敷地に忍び込んで遊ぶ若者たちがいる。【サマーゴースト】は、そういう若者たちの間で数年前から囁(ささや)かれはじめた都市伝説のようなものだ。

「最初の目撃例は三年前の夏。飛行場跡地に無断侵入して花火をしていた中学生が見たらしい」

僕は説明しながら広域地図の一点を指差す。河川と平野しか見当たらない一画に、四角い空白部分がある。そこが飛行場跡地だ。

「二度目の目撃例は翌年の夏。ここに忍び込んだ小学生たちが遭遇した。その子たちも、滑走路で手持ち花火をしていたそうだ」

「花火か……」

涼がつぶやいた。

「夏にこの場所で花火をすると、【そいつ】が出てくるらしい。目撃情報は他にもある。家族連れ、暴走族、一人で飛行場に忍び込んだ人……。いずれも季節は夏で、花火をしていた」

「噂が本当なら、【そいつ】って、女の人なんだよね?」と、あおい。

僕は鞄からスケッチブックを取り出す。鉛筆で絵を描きながら説明した。頭の中に思い浮かべているイメージを紙面に写し取る。

「外見は女性、二十歳(はたち)前後。長い黒髪、丈(たけ)の長い暗い色のスカートで、再現するなら、たぶんこんな感じ」

ネットで拾いあつめた情報をもとに、手早く【サマーゴースト】のイメージ図を完成させる。あおいが僕の絵を見て感心するように言った。

「絵、上手なんだね、友也君って」

「美術部だったんだ、中学時代」

当時は胸像のデッサンばかりやっていた。今はもうその頃のことが懐かしく感じられる。

「幽霊なのに、足はあるんだな」

僕の描いたイメージ図を見て涼が言った。

「そうらしいね。ネットの噂を信じるなら」

【サマーゴースト】。

夏にだけ現れる、女性の幽霊だ。

「自殺した女の霊だって聞いたけど、本当かな?」と、あおい。

「わからない。あくまでも噂だ。実際に会った時に聞いてみたらいいよ」

なにせ僕たちは、彼女に会うために連絡を取り合い、今日ここにあつまったのだから。

カフェを出て僕たちは移動を開始した。ホームセンターで何種類もの花火を購入した後、バスへ乗り込んだ。

駅前の商業地区を離れてしばらくすると、バスの車窓から見える建物がまばらになる。郊外の荒れ地が広がり、他の乗客はほとんどいなくなって、車内は僕たち三人と運転手だけになる。

県境の荒れ地しか見当たらない場所でバスを降車した。地図を確認しながら、飛行場跡地へと向かって、未舗装の道を歩く。太陽が西に傾きはじめ、すこしずつ空に赤色が差す。

あおいが立ち止まった。涼が振り返る。

「どうした?」

「あ、いや。冷静になったら、幽霊ってちょっと怖いなって」

「じゃあ帰ってもいいぜ。俺は行くけど」

涼が歩きだしたので、僕もそれに続く。あわてたように、あおいがついてくる。

本当に【サマーゴースト】などという幽霊がいるのかどうか。それはわからない。だけど、僕たちは彼女に会って話をしてみたかった。聞きたいことがあったのだ。

死ぬって、どんな気持ちですか？

痛かったですか？

つらかったですか？

幽霊なら、経験者として、僕たちに答えを教えてくれるはずだから。

丘の上に出て見下ろした場所に、金網で囲まれた広大な敷地が広がっていた。長方形の平坦な土地に滑走路が伸びている。遠目から見ても整備されておらずぼろぼろの状態なのがわかった。建物があったと思われる場所にはコンクリートの土台だけが残っている。それ以外の地面には雑草が青々と茂っていた。

「あれが飛行場跡地か？」

「そうみたいだね」

「どこから入るの？」

「近くに行ってみよう」

丘を降りてみる。土地の境界を示す金網は錆(さ)びて形も歪(ゆが)んでいた。金網に沿って移動すると、破損した箇所がある。自然に壊れたというより、だれかが無理矢理にこじ開けたような形の裂け目だ。僕たちはそこをくぐり抜けて敷地に侵入する。

雑草をかきわけて滑走路の上に移動した。

「わあ、すごい。気持ちいいね、ここ」

あおいが、楽しそうな声で言った。

まっすぐ遠くまで平坦な地面が伸びており、夕焼け空につながっている。

涼が花火の入った袋を滑走路に置いて中身を出す。僕たちは様々な種類の花火を購入していた。

「【サマーゴースト】って、本当にいると思うか?」

涼が聞いた。

「ただの噂話という可能性もある。三年前、だれかがおもしろ半分に作ったフィクションなのかも」

「どうして三年前なんだ?」

「それ以前には目撃されてない。不思議なことに、三年前から急に【サマーゴースト】の話が広まった」

涼が噴水タイプの花火を地面に置く。僕はライターを取り出して導火線に火を点けた。

鮮やかな色合いの火花が吹き出しはじめる。まだ空は明るかったが、緑色やピンク色の光の奔流は美しかった。あおいが感嘆の声を上げる。

　火薬の燃える臭いが煙とともに漂った。つんとした臭みは不快じゃない。自分がもっと幼くて、無邪気に花火を楽しんでいた頃のことを思い出す。

　光の噴水は二十秒ほどで終わった。火薬がすべて燃え尽きて、静まり返ると、もう終わりなのか、という残念な気持ちになる。

「涼君、次はこれいってみようか！」

【サマーゴースト】のことなんか忘れたかのように、あおいが夢中になっている。彼女は花火の入った袋に手を突っ込んで探り、次の花火を涼に差し出す。

　日が沈み空が暗くなっていった。暑さがやわらいで、すずしい風が吹く。空に星が瞬きはじめていた。景色を遮るものがない滑走路の真ん中で、僕たちは次々と花火に点火する。様々な色の火花が、僕たちの顔を照らす。

　幽霊は現れない。花火のゴミだけが増えていった。消火用にバケツの水など用意しているはずもない。足元に花火のゴミをあつめて置いていた。

「来ないな、【サマーゴースト】。でも結構やったし、そろそろ帰らないとまずいよな」

涼が言った。帰りにかかる時間をかんがえると、確かにもう切り上げなくてはいけないタイミングだ。購入した花火も、ほとんど残っていない。手持ち花火のセットも三人で楽しませてもらった。残っているのは、セットに同梱されていた数本の線香花火だけだ。

「これが最後だ」

線香花火をあおいと涼にそれぞれ手渡す。カラフルな紙縒りの先端に少量の火薬が包まれているタイプのものだ。一人一本ずつ、線香花火の先端をライターの炎で炙った。

「俺さ、ちょっと幽霊信じてたんだ。笑えるだろ。でも、最近こんなにはしゃいだ覚え、あんまりなかったからさ。楽しかったぜ。ありがとうな」

涼は、あまり感情を表に出さない。滑走路で花火をしていても、あおいのようにはしゃいだ声をもらさず、無言で火花に見入っていた。しかし言葉に出さなかっただけで、実際は楽しんでいたらしい。

それは良かった。

死を前にしても、楽しいと感じられる心があるのは、いいことだ。

先端の火薬に火が点いた線香花火は、赤色の雫を成長させる。一般的に火球と呼ばれるその球体は、じじじと音を放ちながら小刻みに震え、火花を散らしはじめた。松の葉を思わせるオレンジ色の火花が、線香花火の先端を囲むように生じては消える。

「私も楽しかったよ、ひさしぶりに。いやなこと、思い出さなかった」

あおいが言った。

その時、線香花火の火花が激しくなる。線香花火の先端がすべて、ばちばちばちばち、と大きな音をたてて閃光を放った。

「熱っ……！」

あおいが線香花火を手から離した。

激しい火花はすぐに収まる。

「何だったんだ、今の？」

「さあ……」

涼の問いに僕は返事をする。花火が不良品だったのだろうか。

周囲が気味悪いほど静まり返っている。風が雑草をゆらす音も、かすかに鳴いていた虫の声もしない。

線香花火からは、今も火花が生じていた。だけどその火花は、妙にゆっくりと空中に描かれていた。先ほどまでは瞬間的に松の葉の形が生じていたのに、まるで時間がひきのばされたかのように、光の線が空中に引かれる様を観察できた。

「何、これ……？」

あおいが戸惑うような声を発する。彼女の視線の先を見ると、先ほど彼女が手から離した線香花火が空中に固定されていた。地面に落ちる途中の姿でそのまま浮いている。

様子がおかしい。時間の流れが変だ。今ではほとんど静止状態に近い。線香花火の火花も消えてしまった。火球の周囲には、極小の光の粒がいくつか浮遊しているだけになっている。火花に見えていたのは、実際は光の粒の残像だったのだと理解した。極小の点が高速で飛び、分裂し、その軌跡が描く残像を火花の形として認識していたようだ。

ふと、だれかの視線を感じる。それは僕だけではなかったらしい。涼とあおいも顔をあげて周囲を見回している。緊張感が場を支配した。空気が冷え、重苦しく固まるような感覚がある。

背後から、ため息が聞こえた。

僕の後ろには、だれもいないはずなのに。

おそるおそる振り返って確認すると、いつのまにか音もなく、彼女はそこに立っていた。女性だ。ひび割れた滑走路と、雑草の生い茂る境界の辺りに、彼女は立っている。ここに来る前、カフェでスケッチブックに描いたイメージ図とよく似ていた。長い黒髪の若い女。顔色は白く、血色は悪い。暗い色のスカートから足が伸びており靴も履いていた。だけど彼女には不思議と実在感がない。触れたら溶けて消えるような、儚い印象だった。

あおいと涼は、おどろきで声が出せないらしい。僕も似たようなものだったが、ともかく何か言わなくてはと思い、彼女に声をかけた。

「……【サマーゴースト】さんですか?」

その名称は、ネット上で囁かれているものであって、彼女自身が把握しているとは限らない。そもそも会話が通じる相手なのだろうか。だけどそれ以上、頭が回らなかった。

彼女は、首をかたむけて、じっとこちらを見つめる。

彼女がつま先立ちをしていることに気づく。いや、立っているのではない。正確には、彼女のつま先は地面からほんの数センチだけ離れている。体重なんて存在しないかのように、彼女は浮遊していた。

正真正銘の幽霊。

【サマーゴースト】の噂は、本当だったのだ。

　自殺系サイトというものが世の中にはあり、自殺に興味のある者たちがあつまって掲示板で意見交換している。悩みを打ち明ける者もいれば、苦しまずに死ねる方法について教えを請う者もいる。僕とあおいと涼は、この手の掲示板で知り合った。自分と同じ地域で暮らしている高校生の中に、自殺をかんがえている仲間はいるのだろうかと疑問を抱き、そういうスレッドを立ててみたのだ。

　僕たちは顔を合わせないまま、ネットを通じてやり取りした。何度かメッセージの交換をして、相手がなりすましなどではなく、正真正銘の高校生であることや、本物の自殺願望を持っていることを知った。

　あおいは高校でいじめられているらしい。教師に相談しても相手にしてもらえない。家族も自分に興味がなく、生きていくのがつらいという。

　涼は治療困難な重い病気を患っている。一年後までは生きられないそうだ。病気に蝕まれ、痛みと苦しみがひどくなる前に、いっそのこと命を断つべきだとかんがえている。

　二人にくらべたら、僕の悩みなんて小さなものだった。もともと、生きていくことに消極的だったのかもしれない。高校でいじめられているわけでもないし、病気を患っているわけでもない。ただ漠然と、生きることに疲れていた。


「死んだ後もスクールカーストってあるんですか？」

「さあ、どうだろ。基本的に、ひとりぼっちかもね」

「そっか、よかった。そっちの方が楽」

「まあ、人といるのは、いいことだけじゃないから」

あおいが【サマーゴースト】と対話している。

彼女は案外、会話の通じるタイプの幽霊だった。

最初のおどろきが一段落して、僕たちは平常心を取りもどしていた。普通だったら霊的存在を前に逃げ出すところだ。実際、これまでに彼女を目撃した者たちは、混乱と恐怖で取り乱し、大急ぎで飛行場跡地を出ていったという。

僕たちは充分に心構えができていたし、そもそも彼女に会いたくてここへ来ていた。逃げ出すどころか、対話を望む僕たちの反応に、彼女の方が面食らっていた。

「変な子たちが来ちゃった……」と。

ちなみに彼女には佐藤絢音という名前があるらしい。生前の名前だろう。彼女も最初から幽霊だったわけではなく、そうなる前は、生きていたのだ。

外見は二十歳前後。長い黒髪、丈の長い暗い色のスカート。細い首から銀色のネックレスが下がっており、血のように真っ赤な飾りがついている。美しい容姿は美術館で見た絵画を思い出させた。憂鬱そうな暗い雰囲気と、儚い白色の肌が、神秘性を際立たせている。

彼女は自分の意思で浮いたり地面に立ったりを選べるらしい。あおいと話をしている今は、地面に足をつけている。

「あおいちゃんは、死後の世界に興味があるの？」

「そうなんです。学校がクソすぎて、この世界の全部がクソだから、もう死んじゃおうかなって」

「なるほどね。でも、私も死後の世界のことはうまく答えられない。よく知らないから」

「絢音さんは死後の世界に生きてるんじゃないんですか？」

死後の世界に生きているって、どういう意味なんだ？

二人の対話をすこし離れた場所で聞きながら僕は思う。隣にいた涼も同じことを思ったらしく、目が合って、肩をすくめていた。

「私はね、死んだ後、この街の周辺をさまよっているだけ。他の死者には会ったことないから、みんなは普通にあの世みたいな場所へ行くのかも」

佐藤絢音はそう言うと夜空を見上げた。

「あの線香花火、どうなってんだ？」

涼が地上数十センチに浮遊している三本の線香花火を見て言った。絢音の出現以降、僕と涼も線香花火から手を離して放り出したのだが、それらは地上に落下する途中で停止している。

「時間が止まってるんだよ、たぶん」

周囲の雑草もゆれておらず、飛んでいる羽虫が何匹も空中に固定されていた。

「どういう理屈でそうなってるんだ？」

「僕たちの意識の流れが極限まで加速されているのかもしれない。それで時間が止まって見えているのかも」

その場合、こうして普通に肉体を動かせているのはなぜか、という疑問が残る。時間が静止すれば、物を見るために網膜が捉えていた光も途絶えるわけだから周囲は暗くなるはずだ。衣服は固まったようになり、身動きもできないはず。だけど僕たちは普通に過ごせている。通常の物理空間とは切り離された場所に入り込んでいるのかもしれない。

「まあ、かんがえるだけ無駄か」

涼はため息をつく。

話が一段落したのか、あおいが僕たちに言った。

「そこの二人も、会話に参加しなよ。せっかくなんだから。絢音さんに聞きたいことある？」

「俺はいいよ。幽霊に会えただけでもう充分、満足だから」と、涼。

あおいが絢音に耳打ちするのが聞こえた。

「涼君は重い病気で長くは生きられないんです」

「勝手にプライベートな情報を話すんじゃねえよ」

涼は本気で怒っているわけではなさそうだ。雰囲気でわかる。むしろ【サマーゴースト】の出現以降、良いことでもあったみたいに、ずっと機嫌がいい。霊的存在にこうして会えたことで、いくらか死の恐怖が薄れてくれたのだろう。死んだ後も消滅せずに自我を残している佐藤絢音の存在は、彼の心に安らぎをもたらしたのかもしれない。

僕たちは自殺を検討している。だけどそれなりに死は怖い。消滅が恐ろしい。だから幽霊という存在に会ってみたかった。死を体験したことのある先輩の意見を聞き、より良い人生の終わらせ方をかんがえるというのが今回の趣旨だ。

涼には質問したいことがないらしいので、僕が片手をあげて【サマーゴースト】に聞いた。

「死んだことで、生きている時と何か変わりましたか？」

佐藤絢音が僕を見る。暗い瞳だけれど綺麗だ。夜の闇を美しいと思えるのと一緒だ。

「いろいろ変わったよ。例えば、税金を払わなくてもよくなった」

「そういうことじゃなくて。死んだ人には世界がどんな風に見えてるのか知りたいんです」

「きみ、真面目すぎるって言われない？」

佐藤絢音が腕組みをして不満そうにする。

あおいが腰に手をあてていた。

「友也君、そんなんじゃ、女の子にもてないよ」

ジョークをスルーしてしまったことで非難されているらしい。

「すみません、あやまります」

「心からあやまってるようには見えないな。相手に合わせてるだけなんじゃない？」

どきりとさせられる。それはいつも自覚していることだった。僕は常に相手の顔色をうかがって望まれている反応を返しながら暮らしていた。

「じゃあ、あらためて質問します。死んだら、生きることの苦しみから、逃（のが）れられますか？」

【サマーゴースト】は自殺した女の幽霊だとの噂がある。自殺をしたのであれば、生前の彼女には何か悩みがあったはずだ。死ぬことで悩みから解放されるものなのだろうか。

あおいと涼も質問の答えに興味があるようだ。僕たちは無言になり返答を待つ。

「人それぞれじゃない？　個人差があるでしょう。すくなくとも私の場合は……」

彼女は言葉を区切り、すこしだけ目を伏せる。

生前のことを思い出しているのだろうか。

「やめておきましょう。私のことなんて、どうでもいいこと」

その時、視界の隅でオレンジ色の光が生じた。落下途中で空中に固定されていた線香花火が火花を放っている。火球から生み出された極小の光の粒が、分裂し、枝分かれして、松の葉を思わせる軌跡を描く。最初はゆっくりだったが、次第に速度が速まっていた。時間が元通りの進み方へもどろうとしている。

佐藤絢音が言った。

「生者の世界と、死者の世界が、まともなつながりにもどろうとしてる。そろそろ行かなくちゃ」

「もう、終わりですか?」

あおいは名残惜しそうだ。

【サマーゴースト】は僕たちに手を振って微笑む。

「三人と話せて楽しかった。じゃあね。うらめしや」

戸惑う僕の横で、あおいがナチュラルに手を振り返す。

「うらめしや、絢音さん!」

風が吹いて雑草がゆれる。羽虫が飛び交い、線香花火は地面に落ちて消えた。絢音の姿が消える。僕たち三人は取り残され、すこしの間、その場にたたずんでいた。

三

夏休み中に一度だけ登校日がある。ひさしぶりの教室はにぎやかだった。

担任教師に呼ばれて放課後に話をすることになった。クラスメイトがいなくなった教室で、机をはさんで向き合う。

「まだ決めてないのか」

「はい」

「お前の学力なら、まあどこでも大丈夫だと思うけどな」

一学期中に進路ガイダンスや個人面談が行われた。卒業後の進路について、どこの大学に行きたいのかと担任教師に聞かれたが、うまく答えられなかった。

「母と相談して決めようと思います」

「夏休み明けには候補を絞り込んでおけよ」

担任教師の手の中に、僕の名前の書かれた模擬試験の結果がある。教科ごとにAからEまでの五段階で評価されているのだが、すべてA評価だ。

僕は大学へ進学する、という前提で担任教師は話していた。できるだけ偏差値の高い大学を選ぶべきだ、と望まれている雰囲気がある。優秀な生徒を送り出すことが、仕事上の評価につながるのだろうか。

「全員、お前みたいだったら、手間がかからなくて楽なんだけどな」

担任教師がため息をつく。

校舎を後にした僕は、電車に乗って帰路についた。

八月の強い日差しを浴びながら、駅からマンションまでの歩道を歩く。街路樹の葉が所々に日陰を作っていた。赤ん坊を連れた夫婦がベンチで休んでいる。幸せそうだ。我が家もかつては、あんな感じだったのだろうか。

物心がついた時、父と母は喧嘩(けんか)ばかりしていた。僕が小学校高学年の頃に両親は離婚して、現在、母と二人暮らしをしている。

マンションのエレベーターで自宅階に移動し、玄関扉を開けた。母は仕事で不在のため、夜まで一人だ。自室の冷房をつけて、汗のにじんだ制服から、清潔な私服に着替える。

クローゼットを開け、冬物の衣類の隙間に隠していたスケッチブックを引っ張り出す。

最新のページに描かれているのは、【サマーゴースト】こと、佐藤絢音だ。先日、あおいや涼と初対面したカフェで、彼女のイメージ図を描いた時のものだ。本物を見る前だったのに、なぜか似ている。

宗教弾圧を受けたキリシタンが床下にロザリオを隠していたように、僕はスケッチブックをクローゼットに隠して母に見つからないようにしていた。発見されたら捨てられてしまう可能性がある。高校入学後、僕が勉強に集中するようにと、木製イーゼルやキャンバスや絵の具や絵筆やいくつかの賞状はゴミに出されてしまった。母は、僕が今もこっそり絵を描き続けていることを知らない。

母が帰宅するまでの時間、音楽を聞きながらスケッチブックに絵を描くことにした。定期的に描いていないと、身につけた技術や勘が鈍(にぶ)るような気がする。やわらかい芯の鉛筆で、紙の表面に線を引いた。飛行場跡地に向かう三人、金網の向こうに伸びている滑走路、そして佐藤絢音の姿を描く。

あの日の出来事は、今となっては信じがたく、まるで夢でも見ていたのではないかと思えてくる。僕たち三人は同時に白昼夢を見ていたのではないか。しかし、【サマーゴースト】が実在し、確かに彼女と対話したことを示す証拠があった。佐藤絢音という名前だ。

　あの後、僕は彼女の名前をネットで検索してみた。彼女の正体が何かしら判明するかもしれないと思ったからだ。結果、彼女のものと思われる情報が見つかった。

　三年前、佐藤絢音という二十歳の女性が行方不明になっている。【サマーゴースト】の最初の目撃情報が三年前の夏だ。その時期に彼女が死んで行方不明になったのだと仮定すれば辻褄が合う。彼女は僕たち三人の夢などではなく、確かに存在した一人の人間だったのだ。

　いつのまにか窓の外が暗い。母の帰宅する音が聞こえ、僕はスケッチブックを閉じた。大急ぎでスケッチ用の鉛筆を片付ける。

　ダイニングのテーブルで母と夕飯を食べた。買ってきた惣菜がメインだ。母が料理をするのは、仕事を早く切り上げられた日だけだ。たまに僕が作ることもある。

「今日は登校日だったんでしょう？　どうだった？」

「別に。普通だったよ」

「普通って何？　定義を教えて」

　母は理数系の大学を出て一流企業で働いている。曖昧な言葉には厳しい。

「特別に話題にするようなおもしろい出来事はなかったってこと」

食事をする母を見ながら、僕が死んだ時、母はどんなことを思うのだろうかと想像する。泣くだろうか。おそらく、泣くだろう。僕が赤ん坊だった時のことや、未就学児だった時のことを思い出して、喪失感に苛まれるのだろうか。僕は母に対し、ある種の恨みを抱いているが、同時に愛情ものこっていた。だから、申し訳ないという気持ちはある。

食事の後、進路の話になる。母は仕事用のノートパソコンを取り出して表計算ソフトを立ち上げる。僕の成績はすべて表計算ソフトに記録されていた。

「数学で一問、ケアレスミスで満点を逃してるじゃない。反省しなさい」

間違いの箇所についてひとつひとつ駄目出しを受けた。母は僕を褒めない。A評価が並んでいても。母にとって僕を褒めることは、甘やかしていることにつながるらしい。僕の学力を高く評価すれば、思い上がり、気持ちがゆるんでしまう、と母は思っている。

今は優等生を演じて従順に母の機嫌を損ねないように生活しているが、小学生の頃はよく母に反抗していた。その度に言われた言葉がある。

「私はあなたの幸せを思って言ってるのよ」

子どもを思う親としての立場が垣間見えた。反抗心を抱いている自分の方が悪いことをしているように感じられる。負い目を抱き、最終的には言う通りにさせられる。

「あなたの学力に合った大学をいくつか見繕っておいたから、後でパンフレットに目を通しておきなさい」

母はすでに進学先候補となる大学の資料を取り寄せていた。それらの束がテーブルに置かれる。行くべき大学を勝手に選んでくれるわけだから、楽といえば楽なのだろう。僕が意思のない人形みたいな存在だったら、そう思えたはずだ。

「わかった。後で選んでおくよ」

パンフレットを手に取ってそう言うと、母は満足そうにしてくれる。ほっとした。会話の中で生じる選択肢を間違えなければ、母の機嫌を損ねることなく一日を終えられる。母との二人暮らしは神経を使う。

母を憎んでいるわけではない。家計を支えるため、母が夜遅くまでダイニングのテーブルで仕事をしていることを知っている。ノートパソコンを開いたまま伏せて寝ている母に、風邪をひかないようカーディガンをかけることもあった。母が僕に厳しいのは愛情の裏返しだ。そのことは理解している。だけど時折、息がつまりそうな気持ちになる。

美術部時代に愛用していた画材道具をゴミに出したのも、母にとっては、僕の人生を思ってのやさしさだったのだろう。いつまでも趣味に時間を費やしていたら、本当に大切な勉強をする時間がなくなる。大学受験に失敗すると落伍者として悲惨な人生を送らなければならなくなる、と母は信じている。母は僕のために、正しいことだと確信し、絵筆や絵の具を捨てたのだ。

食後の食器洗いは交代制だ。今日は母が洗い、僕はお風呂に入った。寝る前の時間、それぞれ自由に過ごす。一緒にテレビを見ることは稀だ。

就寝の時間になり、ベッドで眠りにつく時、僕は父のことを思い出す。

父は背の高い人だった。やさしくて、怒ったところを一度も見たことがない。母が厳しい人なので、相対的にそう見えていたのかもしれない。父は英語が堪能で翻訳の仕事をしていた。幼い頃、アメリカで暮らしていたらしく、英語のスキルはその時に学んだものだろう。また、父の家族はその時期にキリスト教の洗礼を受けていた。父はキリスト教徒だった。

と言っても、熱心な信徒ではなく、食事の前にお祈りをすることもなかった。日曜日に集会へ行き、ほんのわずかな寄付をするだけだ。父の中にどれほどの信仰があったのかわからないが、翻訳という仕事をする上では有利だったのではないか。アメリカ人の約七十五パーセントがキリスト教徒なのだから、キリスト教的な精神の基盤を理解していることは仕事の助けになっただろう。

無宗教の母が、たとえ一時的にでも、父と婚姻関係を結んでいたというのが、今となってはおどろきだ。恋愛を経ての結婚だったという。日本では信仰の自由が許されており、母はそれを理解していたので、父の信仰には口を出さなかった。ただし、父が僕を日曜日の集会に連れて行こうとするのだけは反対していた。僕をキリスト教徒にはさせまいという意志があったようだ。

父はロザリオを信じ、母は科学を信じていた。結婚当初は、お互いを受け入れようとしたが、やはり駄目だったらしい。

「神様なんてものが、本当にいるとでも思っているのかしら。馬鹿げてる」

父のいないところで、母は嘲笑（ちょうしょう）していた。

離婚して父が家から出ていくことになり、家の中にあった雑多な置物が母によって捨てられた。日曜日の集会で父が知り合いからもらってきた小さなマリア像や、旅先で買ってきた天使を象（かたど）った土産物（みやげもの）だ。父がこの家にいた時は、色彩豊かで雑多な物が家にあふれていた。それらがすべて、なくなった。

家の中は殺風景になり空虚になった。食事をして寝るためだけの箱みたいな空間で、僕と母の二人暮らしがはじまった。

僕も母と同じ無宗教の人間だ。神様の存在を信じたことはない。心に負い目もなく自殺をかんがえている時点で、何も信仰していないのは明らかだ。キリスト教だけでなく、世界中の様々な宗教が自殺を禁忌としている。自殺した者の魂は、死後の世界で悲惨な目にあうと教えられていた。キリスト教の根幹にあるかんがえ方によれば、人の生命もまた神様のものだという。自殺というのは、神様のものである生命を奪うことであり、それは神への反逆なのだ。日本人の自殺率が高いのは、信仰を持っていない人口の比率が高いせいだ、と言われている。

もしも僕が父と同じ信仰を持っていたのなら、自殺したいなどと思う時、胸にちくりと呵責のようなものが生まれるのだろうか。

生命は創造主のもの。はたしてそうだろうか。

「私が産まなかったらあなたは存在していないのよ。だから私に感謝しなさい」

僕が反抗的な態度をとった時の、母の常套句だ。

自分が生まれた時のことは覚えていない。だけど死ぬ時はせめて、自分の意志で死なせてほしいと思う。

塾の休憩時間、僕はスマートフォンのメッセージアプリであおいや涼と対話した。三人でメッセージグループを作り、先日の心霊体験について、ひとしきり話し合った。

「幽霊って本当にいたんだね。だんだん怖くなってきちゃった」

あおいは霊的存在への畏怖が強くなったらしい。【サマーゴースト】は意志の通じる相手だったので平気だったが、もしかしたら意思疎通のできない霊が身の回りにいるんじゃないかという気がして、不安に襲われるのだという。

涼は正反対に気楽なものだ。

「死の恐怖が軽減された。今はもう感謝しかない。友也はどうだ?」

「僕は別に。欲を言えば、もうすこし話をしてみたかった。死後の世界について聞いてみたかったんだ。本人もよくわからないみたいだったけど」

佐藤絢音は霊的な状態で街をさまよっているらしいことがうかがい知れた。他の死者たちがどこへ消えたのか知らないようだ。この世とあの世という二つの世界のレイヤーが存在すると仮定するなら、彼女はそれらのレイヤーの狭間に取り残されてしまった状態なのだろうか。

【サマーゴースト】についての話題が落ち着いた後は、日常的なことを報告し合った。

あおいは夏休みの間、家に引きこもってゲームばかりしているようだ。涼は病院通いをしているらしい。毎日、大量の薬を飲んでいるという。

「友也君は？　最近は何してるの？」

あおいがメッセージで質問する。

「毎日、塾だよ。受験生だから、勉強してる」

夏休みのこの時期、塾では受験生のために特別な講習プログラムを実施している。朝から晩まで塾の教室で生徒たちが問題集と向き合っていた。

「意味あるのか？」

涼がメッセージで問いかける。

「どうせ死ぬつもりなんだろう？　受験勉強する意味って何だ？」

「たしかに！」

あおいが同意する。

「私だったらさぼりたおすね。一ミリも勉強しないよ」

二人の発言には一理ある。自殺するのであれば、大学受験も、そのための勉強も、すべて無意味だ。

「そんなことに時間を使ってないで、やりたいことをやっておけよ」

「涼の言葉には重みがあるな」

しかし、自分で決めた終わりの日までは、できるだけ普通に暮らしていたい気もするのだ。遊んで暮らしていたら、母に異変を気づかれてしまい、面倒なことになりそうだ。このまま優等生のふりを続けて母をやり過ごし、自殺の準備をするというのが僕の方針だった。

自殺系サイトの掲示板では、集団自殺に参加するメンバーが募集されている。一人で死ぬ勇気の出ない者たちが同じ場所にあつまって人生を終えるのだ。しかし今のところ、僕とあおいと涼の間で、集団自殺の話題は出ていない。それぞれに別個で命を断つつもりでいた。

「二人は、いつ死ぬつもり?」

二人に質問する。

「僕は年末に死のうと思ってる。二人とはかぶらないようにするよ」

「同じ日でもいいんじゃないか？」

「日にちをずらして、葬式に参加するのもいいかなって」

「友也君、スケジュールをきちんと決定しておきたいタイプ？」

「あおいは違うの？」

「私、朝の天気を見て決めたい。せっかくだから、晴れた日に死にたいんだよね。すごい青空の日だったら、気持ちよく死ねそうな気がする」

塾講師が教室に入ってきた。休憩していた生徒たちが友達との会話を切り上げて教室内は静かになる。

僕はスマートフォンを鞄にしまった。問題用紙が配られて、室内は筆記具で文字を記入する音しか聞こえなくなる。

塾を出た時、まだ空は明るかった。母から連絡があり、仕事の関係で帰りは深夜近くになるとのことだった。どこにも立ち寄らず自宅へもどるか迷ったが、飛行場跡地へ向かうことにした。

ホームセンターで花火セットを購入し、バスに乗り込んだ。商業地区を抜けると車窓の風景は殺風景なものになる。

【サマーゴースト】と、もう一回、話をしてみたかった。急な思いつきなので、あおいと涼に声をかけるのはやめておく。そもそも何回も出てきてくれるものなのだろうか。先日、彼女が現れたのは、たった一度だけの奇跡的な出来事だった可能性もある。純粋な興味から、その検証もしたかった。

県境に近いバス停で降車する。暑さの残る道を一人で歩いた。丘の上に出ると、金網に囲まれた長方形の敷地と、長く伸びる滑走路が見下ろせた。飛行場跡地だ。

金網の壊れている箇所から侵入する。雑草をかきわけ、ひびが入ってぼろぼろの滑走路にたどり着いた。さっそく花火の準備をする。

前回、彼女は線香花火をしている最中に現れた。他の花火では駄目なのだろうか。いくつか普通の手持ち花火をやってみる。ピンク色や緑色や青色の鮮やかな火花が勢いよく噴射するタイプだ。夕焼けが過ぎ去り、辺りは夕闇に沈んでいた。色とりどりの火花が闇を切り裂くように閃光を放つ。しかし【サマーゴースト】は現れなかった。

次に線香花火に持ち替え、先端をライターの炎で炙る。すぐに黒色火薬の燃焼反応がはじまる。

どろどろに溶けた状態の硫化カリウム、炭酸カリウム、硫酸カリウムといった成分が燃える雫となって先端で丸くなった。生命を可視化したかのような発光する赤色の球体は、内部でガスを発生させ、無数の気泡を弾けさせる。その際に飛び出す、輝きを伴った飛沫こそが火花の正体だ。

火球を飛び出した光点の軌跡は、人間の目には線状の残像となる。飛沫は空中でさらに分裂し、その結果、松の葉のように枝分かれした火花が形作られる。他の手持ち花火とは異なり、静かで温かみのある輝きだ。

瞬間を切り取り、細分化して観察すれば、それは科学的な現象でしかない。だけど僕たち人間はそこに美しさを感じ取る。火花のうつろいに人生の悲哀を重ねて感動する。心の中に生じる情動。そのことが人間であることの証明なのだろう。美しいもの、そう感じる心を、そのまま絵に描いてしまいたい。僕は時々、そう思う。

やがて、ぱちぱちと勢いよく火花がおどった。

虫の声が遠ざかり、風にゆれていた草の動きが止まる。

視界の片隅に人の形をした何かが見えた。

暗闇に浮かび上がるように彼女が立っていた。

そもそもの話、なぜ花火をすると【サマーゴースト】は現れるのだろう。花火には死者の魂を鎮める効果があるという。夏に花火大会が盛んに行われるのは、お盆に行われる送り火という風習が発展したものだと言われている。送り火とは、現世に里帰りしていたご先祖様の霊が、迷わずに極楽へもどれるように、火を焚いて道を照らすというものだ。全国各地の花火大会はその延長にあるという。

飛行場跡地で行う花火は、霊的存在にとって、道を照らす送り火と似た効果があるのかもしれない。飛行場の滑走路に連なるランプや誘導灯のように、佐藤絢音がここへたどり着くための道標となっているのではないか。

佐藤絢音は僕の前で屈んで、線香花火をのぞき込んだ。

「綺麗。私、線香花火って好きよ」

彼女の足音や衣擦れの音が聞こえない。目の前にいるのに、ここにはいないかのようだ。存在が朧で、ふとした瞬間に消えてしまいそうな雰囲気がある。

線香花火の先端の赤い雫から、いくつも光の粒が飛び出し、星々のように浮かんだ状態で静止している。

「友也君」

闇の中、オレンジ色の光に彼女の顔が照らされていた。線香花火の光があたっているということは、彼女はこの世の物理現象と関わり合いを持てるということなのだろうか。それとも、彼女を見る僕の認識の問題なのだろうか。

「どうして、また来たの？」

「聞きたいことがあって」

心構えをしていたはずなのに、いざ霊的存在を前にすると、動揺して声が上擦(うわず)ってしまう。

彼女が髪をかきあげる。白色の首元がのぞいた。

「難しい質問じゃないといいけど」

「僕、自殺しようと思ってるんです。この前、一緒だった二人もそうなんですけど」

「何となく、そんな気がした」

「そうなんですか」

「三人とも死んだような目をしてる。あおいちゃんも明るそうに振る舞っていたけど、目の奥には闇を感じたね。それに、心が健康な人には、私の姿は、はっきりと見えないみたいよ。大抵は半透明だったり、細部がぼやけた、のっぺらぼうみたいな姿に見えるらしいの。私が明瞭に見えて、こんな風に意思疎通できる相手は、はじめて。きっと、きみたちが死に魅入られているせいね」

「死とはどういうものなのか、経験者に聞きたかったんです。死ぬ時って、やっぱり、つらかったですか?」

「怖かったし、苦しかった。だから自殺なんておすすめしない。何もしなくたって、どうせそのうち人間は死ぬんだから」

「今の苦しみから逃(のが)れられるのなら、自分でいっそのこと死んじゃおうって気分になるんです」

「何でそんなに苦しいの?」

「自分でもよくわからないんです。どうしてこんなに生きていたくないのか」

佐藤絢音は困ったようにため息をついた。

「無気力な若者を生み出す現代社会が悪いのよ」

「僕が死にたいのは現代社会のせいでしょうか」

「他に何かある? こういうのは社会のせいにするといいよ」

「適当ですね」

「だってゴーストだもの。私に何を期待してるの？」

　意味がわかるような、わからないような、そういう物言いに感心する。

「絢音さんは成仏しないんですか？」

「成仏ってどういう状態？」

「本来の仏教用語では【悟りを開いて仏陀(ぶっだ)になること】だそうです。でも現在は、天国や極楽のような場所へ行くという意味で使われていますよね。絢音さんみたいにゴーストとしてこの街にいるってことは、【成仏できていない】という状態なのかなと思ってるんですけど」

「友也君、高校生なのに変なこと詳しいね。仏教用語なんて普通は知らないよ。ねえねえ、天国って本当にあると思う？　私、信じてないよ。死んだら消滅して終わりじゃないの？」

「消滅しなかった人が何てこと言うんですか」

　僕は心からおどろいてしまった。彼女は自分の存在をどう思っているのか。

「絢音さんは、自分がゴーストであることを自覚してください」

彼女はいたずらっぽく笑った。

「友也君は真面目ね」

「優等生で通ってます」

「息抜きにちょっとだけゴーストになってみない？」

線香花火をよく見るために彼女はずっと屈むような格好をしていたのだが、立ち上がり、僕の肩をぽんと軽く叩いた。ゴーストであるはずの彼女の手は、僕の肉体をすり抜けるのかと思ったが、そんなことはなかった。すこしだけ押される感触がある。

ゴーストになる？　息抜きに？

戸惑っていると、視界がぐらりとゆれた。肩を叩かれたことをきっかけに、階段を踏み外した時みたいな、立っている場所がずれたような浮遊感が生じる。後ろ向きにころびそうになったので、あわてて姿勢を立て直すと、目の前にだれかの後頭部があった。

佐藤絢音ではない。そこにいたのは僕自身だ。線香花火を手に持って屈んでいる自分が目の前にいて、その後ろ姿を見ていた。

状況の不気味さに、気持ち悪くなる。

「これ、どうなってるんです？」

「友也君の魂を、容れ物から出したの」

魂の容れ物といえば、肉体のことだろうか。

「……もどしてもらえます？」

「後でね」

彼女は僕の手をつかんだ。その手はひんやりとしている。朧げだった佐藤絢音の存在感が、より明瞭なものになっていた。僕はどうやら魂と肉体が分離した状態になっているらしい。彼女の存在が明瞭になっているのも、そのせいだろうか。

自分の体から重さが消えていた。重力から解放されている。

「行くよ」

佐藤絢音が僕の手を引っ張って走りだした。僕はわけもわからず彼女についていく。滑走路を走っていた足が、地面を離れる。おどろいている暇もなく、空中を駆け上がった。肉体を地上へ置き去りにして、僕たちは飛んでいた。

星空へ吸い込まれるように上昇する。

風圧は感じなかった。

「見てごらん」

佐藤絢音は僕の手をつかんだままだ。

飛行場跡地が眼下に遠ざかっていく。郊外の住宅地や、河川敷や、遠くの地平線に広がる街の光が見渡せた。

足の下に何もない状態で空に静止している。百メートルもない高さだったが、恐怖で身がすくむ。

「どういう理屈で、浮いてるんですか？」

「私が飛びたいと願ったからよ。魂が行きたいと思った方向へ進むの」

月明かりの下で佐藤絢音は僕の手を引っ張って滑空する。速度は自由自在。慣性を無視した動きで飛ぶことができるようだ。どんな無茶な飛行をしても、息が苦しくならないし、風で目を開けていられないという状況にもならない。いつのまにか飛行場跡地の上空を離れ、駅前の商業地区へ移動していた。これは現実のことだろうか。

「突っ込むよ」

彼女が言った。目の前にビルの壁が迫っている。このままではぶつかると思い、身構える。しかし壁面に衝突した瞬間、壁をすり抜けて、僕たちはビルのフロア内を飛んでいた。まだ働いている人が大勢いるオフィスを通り抜け、ビルの反対側に出る。どうやらゴースト状態の時は、あらゆる物質をすり抜けることができるらしい。

「どうよ、友也君」

佐藤絢音がドヤ顔をしている。

「企業スパイし放題ですね」

「金庫の中だってのぞけちゃうよ。何も持ち出すことはできないけどね。触れようとしても、手に取ることはできないの」

生きている者たちの世界には干渉できないらしい。

「私が触れられるのは、きみの魂のように、半分、死んでいるような存在だけなんだと思う。心が死に魅了されていたから、こうして連れ去ることができた」

駅前の上空で佐藤絢音は静止する。人々は動いておらず、交差点を渡ろうとしている姿のまま固まっていた。

「次は一人で飛んでみて」

彼女が空中で手を放した。

「え？」

佐藤絢音は僕から距離をとるように後退する。

支えていたものが何もなくなり落下がはじまった。視界が一回転して地上が迫ってくる。さすがに悲鳴をあげた。ビルの壁面すれすれを垂直に落ちて、アスファルトの路面が一気に鼻先まで接近する。ついにぶつかった、と思われた瞬間の光景は、いつもビルの屋上で想像していたものに似ていた。飛び降り自殺をしたらどんな視界なんだろう？　まさしくその景色を僕は体験したのだ。

しかし僕は地上に到達しても止まらなかった。そのまま路面をすり抜けて、地下へと潜り込んでしまう。感覚としてはプールへ飛び込んだ時に似ていた。地面の下へ沈み、溺れている人みたいに手足をばたつかせてもがいた。息はできる、というより、もともとの状態では呼吸の必要がないみたいだ。しかし、どちらが上かわからないため僕は混乱した。

地中はまるで濁ったプールの中みたいな視界だ。コンクリートや泥で目の前が遮られているのはわかるのだが、視覚とは別の情報を感じ取っているらしく、何が周囲にあるのかが薄っすらとわかった。地中にある人工物の存在、ビルの土台や、駅地下の通路などが把握できる。ただし、あまり遠くのものは知覚できなかった。

「友也君、落ち着いて」

地中でもがいていると、佐藤絢音の声がして腕をつかまれた。僕を追いかけて彼女も地中に潜ったらしい。彼女の手を支えにすると姿勢が安定する。彼女に引っ張られながら地上に出た。

「何てことするんですか！」

「友也君が大声を出すところ、見たくなっちゃってさ。ほら、あるでしょう。いつも冷静な男の子が、動揺してるところを見ると、キュンって来る感じ。わからないかな、きみには」

「わかりませんね。理解できません」

「悪かったって。ほら、飛び方教えてあげるから許してよ」

再び町の上空に移動する。

心を落ち着かせ、手をつないだ状態で、僕たちは向き合って浮かぶ。

「友也君は今、ゴーストなんだから、重力なんて関係ない。自由なの。魂が行きたい方向へきみは進む。しっかりとイメージするのよ。そうすれば、きみは落ちないから」

今度はそっと彼女が手を放す。一瞬、僕の体は沈んで焦ったが、必死にイメージすると、落下は止まった。

「浮いた!」

「その調子、その調子」

しばらく練習していると、魂の状態の僕は、自由に町の上空を飛べるようになった。

確かに彼女の言う通り。念じた方に移動する。

「魂はきみが望む方へ向かう。さあ、もう一度強く願って。どこへ行きたい?」

佐藤絢音が月明かりの下で僕に問いかけた。


町外れに広がる自然公園の敷地内に、その美術館はあった。すでに閉館時間を過ぎており、入り口は閉ざされていたが、僕と佐藤絢音には無関係だ。警備員が立っている横の壁をすり抜け、僕たちは館内に侵入した。

来館者のいない通路は照明が消えている。非常口を示す緑色の表示の明かりや、警報機を示す赤色のランプの明かりが、所々で光っていた。飛んで移動してもいいが、何となく僕たちは歩くことにする。

「こちらが順路です」

「よく来るの?」

「子どもの頃、父によく連れてきてもらいました」

館内には美術館の関係者に、父と同じ信仰を持つ人がいて、親しくさせてもらっていた。館内にはロシアで描かれたイエス・キリストのイコンや、ヨーロッパで作成された受胎告知の油絵が展示されている。父はそれらの絵の前で聖書の話をしてくれた。

「閉館後に来たのは、はじめてです。だれもいない夜の美術館で好きなだけ絵を眺めるのが夢だったんですよ」

「友也君、絵が好きなんだね」

フロアの中央に展示されている女性像と同じポーズをきめながら彼女は言った。

「中学は美術部でした。美術部員の仲間とも、よく来ましたよ、ここに」

照明が消えているため暗いはずなのに、目を凝らせば展示されている絵画を細部まで見ることができる。光とは別の情報で存在を認識しているのだ。

普段は警備員に注意されるような至近距離から絵画を眺めた。顔の半分を絵画にうずめるようにすり抜けさせ、絵の表面の凹凸がわかるほどのゼロ距離から観察することもできる。

「見て、友也君。貴族になっちゃった」

等身大の女性貴族を描いた巨大な油絵が展示されている。佐藤絢音はその絵の中へ潜り込むように体をすり抜けさせ、女性貴族の顔の位置から、自分の顔を出していた。観光地にある顔はめ看板のようだ。僕は感心した。物質のすり抜けという特殊能力で、ここまでアホな使い道を思いつくなんてすごい。

夜の美術館を話しながら歩いていると、父が好きだった受胎告知の油絵の前に来る。『新約聖書』に書かれたエピソードのひとつ、天使がマリアのもとを訪れ、後に人々を導く存在がお腹の中にいることを伝える場面が描かれていた。

「それにしても、意外だな、友也君が美術部だったって」

「どうしてです?」

「芸術系の分野って、感覚的というか、直感的な世界だよね。芸術家ってみんな、そんな感じじゃない? 感性第一主義みたいな。でも、友也君は論理的なかんがえ方をするよね。話すのはまだ二回目だけど、理数系の子って印象がある。絵画というより、設計図を描いてる雰囲気というか」

「絵を描く時って、論理的なかんがえ方も必要なんですよ」

「そうなの？」

「絵だけじゃなくて、彫刻も、音楽も、全部そうかもしれない。引いた目で見ると芸術に見えるかもしれないけど、至近距離で観察してみれば、そこには科学があるんです」

「例えば？」

「どの色の絵の具を使うか決める時、類似色相配色とか、分裂補色配列とか、トライアド配色とか、そういう色彩理論があるんですよ」

「何それ、つまらなそう」

「絢音さんは、例えば黄色のひまわりを描く時、背景を何色にします？」

「黄色がよく目立つように、青とか、緑とか……？」

「でも、日本の企業が五十八億円で落札したゴッホの『ひまわり』は、背景が黄色でしたよ」

「黄色のひまわりの背景に黄色？」

「奥が深いですよね」

目の前にある受胎告知の油絵では、マリアの衣服に鮮やかな赤と青が使用されている。赤の衣服に青いマントという服装は聖母マリアの象徴なのだ。この配色はアメコミのヒーローにもよく使用されている。アメリカ国旗の配色から赤と青になっているという説もあるが、本能的に超越的存在をイメージさせるのかもしれない。

「理論なんて何も気にせず、すごいものを描ける先輩が美術部にいました。自分の内なるもの、絶対的なものを確信して、信仰しているんです」

「友也君は、そうじゃないタイプの美術部員だったわけだ」

「自分に自信がなかったからでしょうか。構図の理論なんかを必死に勉強して、それを活用するタイプでした。人間を描く時も、両手の長さと肩幅を足したものが、身長と一致するように定規で測ってました」

「なにそれ」

「人間って、両腕を左右に広げた時の、一方の指先から、もう一方の指先までの長さが、身長と同じになるんですよ」

僕は実際に両腕を広げてみせた。指先までぴんと伸ばす。

「ウィングスパンって呼ばれたりもするんですけど。レオナルド・ダ・ヴィンチの人体図なんかにも描かれてる人体の基本構造なんです」

「いつもそんなことかんがえながら絵を描いてるの？　それって解剖学の範疇(はんちゅう)じゃな

い？」

「ちゃんとした絵を描くためのコツですよ」

「どうして絵を描くのが好きになったの？」

「父と母が、僕の絵を褒めてくれたからです。そういうことって、滅多になかったから」

　小学生の頃の記憶だ。授業で描いた絵がコンクールで入賞して、両親がよろこんでくれた。父と母は、ほこらしそうな顔で、その日はずっと喧嘩することなく仲の良い家族として過ごすことができた。幼い僕にはそのことがよほどうれしかったのだろう。だから僕は、絵を描き続けることにしたのだ。

　夜の美術館をひとしきり眺めて外に出た。美術館を出ても外の空気や風のにおいといったものは感じられない。ゴーストの状態というのは味気ないものだ。

　月が浮かぶ夜空に僕たちは上昇した。飛んでいる状態で空中に静止している鳩の横をすり抜け、森の中に立つ鉄塔の上に着地する。

　鉄塔の梁に二人で並んで腰掛けた。腰掛けるといっても、普通に体重をかけると、すり抜けてしまう。梁の上に座るぞ、と念じることで、梁の上に体が固定された。

佐藤絢音は遠くに広がる街の明かりを見ていた。

「綺麗な景色。星が地上にばらまかれてるみたい」

「でも、時間が停止しているってことは、本当はもっと明かりの数が多いのかもしれませんね。ＬＥＤ電球や蛍光灯は高速で点滅しているわけだから、何割かの照明が暗い状態にあるはずです」

「どうしてきみは素直に景色を楽しめないのか」

彼女の横顔を見る。生気の失せた白色の肌が、夜の闇の中で際立つ。疑問に思っていたことを聞くべきだと思った。

「絢音さんって、どうして自殺したんですか？」

佐藤絢音は髪をかきあげ、ため息をついた。

「私、自殺なんかしてないよ」

「世間では自殺した幽霊だって噂があるんですけど」

「噂として広まるうちに、だれかがおもしろがって付け足したんじゃないかな」

「自殺者の先輩だと思い込んでいました。おすすめの自殺方法を聞こうと思っていたんです」

「ごめんね、いいアドバイスできなくて」

「おかしいと思ってたんです。絢音さんは警察庁のホームページに、行方不明者として登録されていましたから」

「それはね、私の死体が見つかってないからだよ」

彼女は何気なく言った。世間話でもするみたいに。

「私ね、殺されたんだ」

四

翌日、僕は駅前のファミレスで涼とあおいに会うことにした。急な呼び出しにもかかわらず、二人は応じてくれた。

最初に現れたのは、あおいだった。

「ひさしぶり、友也君」

「いつもメッセージでやり取りしてるから、あんまりひさしぶりって気はしないけどね」

「今日は塾に行かなくていいの？」

「たまには、さぼろうと思って」

あおいはドリンクバーを注文し、メロンソーダを飲みはじめた。

世間話をしていると涼もやってくる。店内にいる僕たちを見つけて、あおいの隣に座った。帽子をうちわがわりにして、暑そうにあおいでいる。外は夏の熱気がすさまじい。太陽から放たれる光は、肌に突き刺さるかのようだ。

涼の息切れがすごい。顔色も白かった。病気の関係で体力が低下しているのかもしれない。僕は彼のためにドリンクバーからアイスコーヒーを持ってきた。

「呼び出してごめん。迷惑じゃなかった？」

「午前中、病院に行ってたんだ。外にいたから、そのついでだ」

「具合はどう？」

あおいが涼に聞いた。

「良くはない。薬で進行を遅らせてる状態だ」

涼が僕を見る。

「友也、話って何なんだ？」

「二人に言っておきたいことがあって。昨日、飛行場跡地に行ってみたんだ」

彼らを呼び出したのは情報共有のためだった。僕は昨晩の体験を二人に語った。線香花火をきっかけに【サマーゴースト】が現れたこと、魂を肉体から分離させて空中遊泳できること。あまりにもファンタジックな内容のため、空想だと思われやしないかと心配した。

「空を飛んだ？　嘘(うそ)だろ？」

涼は懐疑的な表情をする。

「私は信じるよ。だって、お化けだったら、飛べるに決まってるもん。魂の状態になれば、飛べるんだよ」

あおいはすこし興奮気味だ。

「私、死ぬのが楽しみになってきちゃった。早いとこ自殺しよっ」

「自殺しよ、じゃねえんだよなあ」

涼は呆れた様子だ。

「空を飛ぶのは楽しかったよ。でもそれは置いといて、ここからが本題なんだけど。絢音さんは自殺したってわけじゃないらしいんだ。だから自殺に関するアドバイスはできないってさ」

僕は二人に彼女の死因を語った。

昨晩のことを思い出しながら。


鉄塔に並んで腰掛けた後のことだ。佐藤絢音は僕を連れて移動した。星空を渡るように家々を飛び越えた。街を見下ろす高台に、富裕層の住んでいる地域が広がっていた。

奥まった一画に古めかしい洋風建築の屋敷があり、その前に彼女は降りた。

玄関に古風なランプを思わせる照明が吊ってあり、小さな羽虫が光に引き寄せられて飛んでいた。時間が静止しているため、羽虫は空中で固定されている。

「ここは？」

「私が住んでた家。今はお母さんが一人で暮らしてる。おいで」

彼女はそう言うと玄関扉を通り抜けて消えた。僕も扉をすり抜けて屋内に入る。落ち着いた雰囲気のホールが広がっていた。柱や階段の手摺（てすり）はアンティーク風の木製だ。リビングらしき部屋から光が漏れている。部屋の入り口からのぞくと、年配の女性がソファーに腰掛けて本を読んでいた。どことなく佐藤絢音に顔立ちや雰囲気が似ている。おそらく彼女の母親だろう。落ち着いた色合いの服装だった。

「この時間、いつも本を読んでる。私がここで暮らしていた時からそうだった」

彼女は母親の背後に立つ。彼女の母親は、娘や僕の存在に気づかず、活字に視線を向けたままだ。

部屋には写真立てが飾られていた。佐藤絢音の生前の写真だ。警察の記録によると彼女は行方不明となっている。ということは、ここにいる年配の女性は、娘の死を知らないのだろうか。

彼女は母親の手に自分の手を重ねる。その仕草には愛情が感じられた。

「三年前の夜、私、お母さんと喧嘩をした。理由は本当にどうでもいいことだった。大学を卒業した後、どうするのかって相談。話し合いがこじれて、私は家を飛び出したの」

彼女は母親から離れると、別の部屋へと向かった。僕はそれを追いかける。

「馬鹿よね。今はそう思う。でも、その時は感情のおもむくまま、外に出ちゃった。外は大雨。台風の影響で、すごい風が吹いてた」

彼女は階段を上がる。壁の小窓から月の光が差していた。二階廊下に印象派の絵画が飾られている。木製扉がいくつか並んでおり、その中のひとつを選んで彼女は入った。扉を開けずに、すり抜けて僕も続く。

どうやらそこは彼女の部屋だった。おそらく三年前のまま、家具や寝具が保存されている。埃が被らないように、薄い白色の布が家具の上にかけられていた。彼女はなつかしそうに自分の部屋を見回しながら話をする。

「雨風の中、私は傘も差さずに走った。子どもの頃から、そういう時、いつも行く場所があるの。近所にある図書館なんだけど、その軒先で雨宿りしようと思ってた。でもね、道路を渡ってる時、光がすごい勢いで近づいてきた」

「光？　車ですか？」

「そう。車のヘッドライト。信号無視だった。光が目の前いっぱいに広がったかと思うと、強い衝撃を受けて……。でもね、それで死んだわけじゃないの。私は気づくと、道路に横たわってた。体が動かなくて。痛いのかすらも、よくわからない状態。意識が朦朧としている中、車から人が降りてきたのが見えた。私に近づいてくる男性の影が……」

佐藤絢音は、そこまで言うと、机に近づいて屈み込んだ。何をするのかと見ていると、埃よけの白色の布がかけられた机の下に体を潜り込ませる。彼女は体を折り曲げて、机の下で体育座りのような格好になる。

「次に目が覚めた時、こんな風に狭い場所にいた。たぶんスーツケースの中。ただの四角い箱じゃなくて、長い旅行をする時に使うような、大型のスーツケースだったと思う。素材とか、内側の造りなんかで、そのことがわかった。私は、体を押し込まれて、身動きできない状態だった」

「どうして、そんなことに……」

「もう死んでるものだと、勘違いされたのかもね。殺しちゃったと思いこんで、事故をなかったことにするため、運転手は私を埋めることにしたんだと思う」

「埋める?」

「土を被せられる音がしたの。私は内側からスーツケースを叩いて、助けを求めようとしたけど、だめだった。力が入らないし、うめき声みたいなのがもれただけで……。耳をすまして、何か反応が返ってくるのを待ったよ。でも、電車が通り過ぎるような音が聞こえただけ。もしかしたら線路の近くだったのかもしれない。土を被せられる音が続いて、段々と息が苦しくなった。意識がうすれてきて……、それが私の人生の最期ってわけ」

佐藤絢音は立ち上がり、机をすり抜けながら出てきた。

「気づいたら、私、町の上を漂ってた。私の死体はまだ見つかってない。そのことを理解したのは、お母さんがずっと、私の帰りを待ってるのがわかったから」

彼女は、しゅんとした表情を見せる。

彼女の母親の悲しみを思うと胸が苦しくなった。まだ今も、どこかで娘が生きていると、信じているのだろうか。

「どの辺りに埋められたんですか？」

「それが、わからないの。探したけど、あきらめちゃった。見つけたところで、何も変わらないしね。私はゴーストだから物質に干渉できない。掘り出そうとしても、手がすり抜けちゃう」

佐藤絢音はカーテンの閉ざされた窓をすり抜けて外へ出る。僕もそれを追いかけた。

彼女は屋根の上にいた。星空を背景に立っている。

「まだいろいろ人生を楽しみたかった。旅行とか、したかったな」

「旅行はできるんじゃないですか？　交通費もかからないし」

「確かに」

彼女がおかしそうに目を細めた。

だけど、その目の奥に、悲しみや、あきらめの気配を感じる。

「帰ろうか、友也君」

二人で飛行場跡地にもどると、まだ線香花火は火花を散らしていた。僕の肉体は、線香花火を手に屈んだ状態のままだ。あらためて自分の姿を客観的な視点で見るのは不気味だ。

「前回はすぐにタイムリミットが来ておわかれしましたよね。今回はずいぶん長く話ができてますけど、どうしてです?」

「友也君が魂の状態になったからだよ」

肉体は現世とのつながりだ。僕の魂は、肉体という器に入ることで、社会と関わることができる。その反面、ゴーストと関わりを持つには、肉体というものが邪魔になるのかもしれない。

目の前で線香花火をしている僕自身の背中に、手のひらで触れてみる。次の瞬間、僕は肉体の中にもどっていた。全身に重力を感じ、膝をつきそうになる。頭の中に重たい疲労感が生じた。魂の状態で得た数時間分の経験を、一気に脳が処理をしたかのような、オーバーヒート気味の状態だ。

先ほどまで明瞭だった佐藤絢音の姿が、儚く、朧げな様子になっている。今にも消えてしまいそうな希薄な存在だ。

「今日は楽しかった。話を聞いてくれて、ありがとう、友也君」

おわかれの言葉をかんがえているうちに、【サマーゴースト】の姿は風の中に消えてしまう。雑草がゆれて、虫の鳴き声がもどってくる。手から離れた線香花火が地面に落ちた。僕は一人、飛行場跡地の滑走路に残されていた。

あおいと涼は無言で僕の話を聞いていた。

グラスの中の氷はすでに溶けている。窓の外は夏の日差しで真っ白に輝いて見えた。

涼は鞄から大量の薬を取り出した。カプセルや錠剤など、様々な種類を一度に水で流し込む。

「犯人はまだ、見つかってないってこと?」

あおいが聞いた。

「うん。でも、絢音さんは犯人探しには興味がなさそうだった。恨んでないというか、どうでもいいというか。むしろ、お母さんに対する、申し訳なさ、みたいなものを感じたよ。もしかしたらそれが、彼女にとっての心残りなのかもしれない」

「それが原因で浮遊霊として町にとどまってるのか?」と、涼。

未練を残して死んだ者が、霊的存在となってこの世にとどまり続けるというのは、ありそうな話だ。佐藤絢音はおそらく、母親と喧嘩をして家を出てしまったことを後悔しているのだろう。はっきりと彼女がそう口にしたわけではないが、昨晩、彼女の目の奥にあった悲しみの気配を思い出すと、そう思える。

「友也、お前はどうしたいんだ？」

「どうしたいって？」

「俺たちに、どうして、その話をした？【サマーゴースト】が自殺した女じゃないってことはわかった。でも、彼女の死因なんて俺たちには関係ないはずだ」

「それはそうだけど、情報共有しといた方がいいかなって」

「本当にそれだけか？」

彼が何を言いたいかを理解した。僕はすこし迷って口を開く。

「正直に言うと、意見を聞きたかった。二人はどう思う？僕たちなら、まだ見つかっていない絢音さんの遺体を探し出せると思う？」

僕の回答を予想していたのか、涼は無反応だったが、あおいはおどろいていた。

「探す!? 遺体を!?」

大きな声だったので、近くの席の人たちが振り返る。涼は彼女の頭を手加減しながらはたいた。

「やめろ、馬鹿。目立つだろ」

「ごめんって。おどろいちゃったんだもん」

「絢音さんが自分の遺体探しをあきらめたのは、見つけたとしても、掘り出せないからだ。その場所をだれかに伝えることもできない。でも、僕たちが協力すれば、彼女の遺体を家に帰すことができるかもしれない」

涼がため息をついた。

「何でそんなことしたいんだよ。面倒臭いだけだろ」

「そうなんだよ。僕もそう思ってる。だから迷ってるんだ」

僕たちが佐藤絢音のために何かをしてあげる義理はない。彼女も別に期待などしていないだろう。

「俺は余命が短いんだ。遊んでくらしていたいぜ」

涼は立ち上がった。店を出るつもりらしい。財布を取り出そうとしたので、僕はそれを止めた。

「おごるよ」

涼はうなずいて出入り口の方に向かう。店の外に出て見えなくなるまで、僕とあおいは彼の背を目で追いかけた。

「涼君ってさ、私たちのこと、怒ってるのかな?」

「怒る? 何で?」

「だって、私と友也君は、涼君と違って、自分が望みさえすれば、まだまだ生きられるわけでしょう? それなのに、死ぬことをかんがえてるわけで……。涼君にしてみたら、腹立たしくないのかな、私たちのこと」

「そういうタイプの人間だったら、そもそも自殺サイトの掲示板で、僕たちと交流なんかしないんじゃないかな。あおいはどう思う、絢音さんの遺体探しのこと」

「私は、そんなこと、本当にできるのかなって思う。どうせ見つからないよ」

あおいは後ろ向きな発言をする。

「絢音さんとは、お話しをさせてもらったから、何とかしてあげたい気もするよ。だけど、そもそもの話、何も頼まれてないわけでしょう? 遺体を探してほしいって、言われたわけじゃないんだよね?」

「うん。一言も」

「じゃあ、何もしなくていいんじゃないかな。絢音さんにとって、余計なお世話なのかもしれないし。それに残酷だよ」

「残酷？」

「遺体を見つけちゃったら、絢音さんのお母さんは、きっと悲しむよ。亡くなっていることが確定するわけでしょう？　行方不明のままだったら、生きているかもしれないって、望みが残されてるわけだから。今のまま放っておいた方が、絢音さんのお母さんにとってはいいのかもしれない」

「あおいは、そっち派か」

僕の中でも意見はわかれている。つらい現実を伝えるべきか。それとも、いつか娘は帰ってくるかもしれないと思わせておく方が幸福なのか。

「友也君は、探したいの？」

「半々かな」

「探したいって気持ちは、どこから来るの？」

昨晩のことを思い出す。

佐藤絢音が、読書中の母親の手に、自分の手を重ねた場面を。

「何でかな。感謝されたいわけじゃないんだよ」

「なるほどわかった。はいはい、わかりました。名探偵あおいちゃんが答えを教えてあげます」

あおいが、おもちゃを見つけたような顔で何か言いだした。

「友也君はね、絢音さんのことが好きになったんだよ。だから、会いに行く理由が欲しいんだ」

「ああ、そうかもね」

僕が普通にうなずくと、あおいがおどろいた顔をする。

「え？　認めちゃうの？」

恋愛感情のことは、よくわからない。でも、昨晩、手をつないで夜空にいた時、心から楽しかったのは真実だ。そういえば、女の子と二人きりで美術館を歩いたのは、はじめてだ。昨晩はあまり意識しなかったが、もしかしたら僕は彼女に惹かれているのかもしれない。

「あらためてかんがえてみたけど、僕はただ、絢音さんに会いたいってだけなのかも」

「つまんないな。からかってやろうと思ったのに」

「二人に意見を聞けて良かった。ありがとう、あおい」

「どういたしまして」

僕たちもファミレスを出ることにした。太陽光がアスファルトを焼き、熱せられた空気によって景色がわずかにゆらめいていた。

「すごい暑さ。こんな日に外出するのは自殺行為だよな」

「そうだね。自殺する前に死んじゃうよ。勘弁してほしいよね」

日差しに目を細めながら、僕たちは手を振ってわかれた。


八月後半、塾通いをする日々が続いた。受けるつもりのない大学受験のために参考書を購入する。大学入学共通テストは、年明けの一月半ばに予定されていた。その頃までには死のうと思っている。

具体的な日程は決めていないが、何となく年末あたりかなとぼんやりかんがえていた。クリスマスの街の雰囲気が僕は嫌いじゃない。死ぬのはクリスマスの最中か、その後くらいにしよう。十二月二十四日から大晦日の三十一日のどこかが僕の命日だ。その旨を涼とあおいに報告する。

「わかった。病気次第だが、起き上がれそうだったら葬式に行く。香典を持っていくよ」と、涼から返事がある。

「私も、まだ生きてたら、友也君の寝顔を見に行くね」と、あおい。

死ぬことに対し、恐怖がないと言えば嘘になる。先日、佐藤絢音と空を飛んだ時、地面に向かって一直線に落下しながら僕は悲鳴をあげた。死にたくない、という感情が咄嗟に溢れ出した。結局のところ、心構えができていなかったのだ。じゃあ自殺は取りやめにするのかと言えば、そんな気分にもなってはいない。

塾の休憩時間にスマホを見ていたら、女子高校生が電車に飛び込んで自殺したというニュース記事を見つけた。あおいが発作的に自殺を実行したのかと思い、記事をよく読んでみたが、遠く離れた地域の出来事だったので、他人だとわかった。

自殺の記事は他にもあった。生活に困窮したシングルマザーの母親が幼い子ども二人を殺して自分も首吊りをしていた。会社の金を着服していた中年男性が謝罪の手紙を残して昼間の公園でガソリンを頭から被って焼身自殺を行なった。町役場の二十代女性職員が、上司からのパワハラが原因で自殺していた。彼女は夜中に車で上司の自宅前まで行き、車内で練炭自殺を行なったという。

世の中には様々な死に方があるものだと、あらためて思う。しかし、シングルマザーの母親が、幼い子どもを道連れに心中していることには腹が立った。精神衰弱の状態でまともな思考ができなかった故の行動だとは思うが、あまりに身勝手だ。死ぬなら一人で。他のだれにも迷惑をかけずに。それがマナーだ。

自殺をかんがえ、実行してしまう人間の多くが、心の視野狭窄に陥っているとの報告がある。うつ病などの精神障害を経て、自分はもう死ぬしかないという境地に追い込まれるのだ。では、自分もそうなっているのだろうか。自覚はない。心の視野が狭まっていることに本人が気づくのは難しいはずだから、自覚がないのは当然なのかもしれないけれど。

夕刻になり塾を出た僕は帰路につく。駅に向かって歩いていると、中学時代にお世話になった画材屋の前を通った。美術部だった時は毎日のように足を運んでいた。店の前を通り過ぎる時、美大生らしき人たちが店内から出てきてすれ違う。服装や雰囲気から、何となく美大生というのがわかるものだ。彼らは楽しそうに話をしながら、僕と反対方向へ歩いていく。僕は立ち止まって彼らの背中を目で追いかけた。胸が疼くような思いがある。

見知った車が道路脇に停車した。運転席の窓が開いて、母の顔が見える。

「友也」

「母さん」

「そろそろ塾が終わる頃かなと思って寄ってみたの。乗りなさい」

車に近づいて助手席に乗り込む。僕がシートベルトをしめたのを確認し、母は車を発進させた。母は車で通勤しており、タイミングが合えば塾帰りに送ってくれるのだ。素直にありがたいと思う。

母は安全運転を心がけて走行した。ラジオから流れるニュースを聞きながら、僕は窓の外を眺める。街角のコンビニの駐車場に高校生の集団がいた。男女数名のグループだ。みんなで海や遊園地に行ってきた帰りなのだろう。楽しそうに笑っている。母が彼らをちらりと見て言った。

「夏休みになって浮かれて遊んでる子たちね。友也は、あんな風になっちゃだめよ。ろくな大人にならない」

彼らは将来、親を悲しませる。良い大学に進学できず、就職先に困るはず。母はそう確信している。僕が彼らのようになるのを防止するため、母は辛辣(しんらつ)な言葉を並べるのだろう。彼らはただ友達と遊んでいるだけなのに、そんなに言われるほど悪いことをしているだろうか。しかし反論する気はない。

「そうだね」とだけ言っておく。

駅前の商業地区を抜けて郊外へ移動する。ラジオのニュースが、海外の国境付近で起きている紛争について取り上げている。自爆テロによって何の罪もない人々の命が失われたらしい。紛争の根幹にあるのは宗教問題だという。信仰のために人は人を殺す。そうすることが正しい道だと確信しながら。

「勉強は順調？　数学はどの辺りをやってるの？」

「二項係数とか、放物線の通過領域を図で示す問題とか」

塾で習ったことについて教科ごとに質問を受けた。わかっている部分とわからない部分を明確にしていく。僕の理解が不十分な箇所を見つけると、運転しながら母はため息をつく。

「私があなたの年齢だった頃は、もっとちゃんとできてたのに」

母の指摘が続く。心臓がしぼむような感覚があった。自分が出来損(できそこ)ないのように思えて肩身がせまくなる。実際は平均以上の点数をとっているのだから胸をはっていいのだ。そう理解していても、子どもの頃から植え付けられてきたこの感覚は消えない。

「どの大学を受験するのか決めた?」

「うん」

進路希望調査書に学校名を記入しておいた。二学期がはじまったら、それを担当教師に提出しなくてはならない。実際に受験をすることはないだろう。その前に僕は死ぬからだ。

「あなたはめぐまれているのよ」

母が言った。

「子どもを大学へ進学させるのに、どれくらいの費用が必要なのか知ってる? 私の時は家計がきびしくて、自分でバイトをしながら学費を支払ったの。あなたは楽でいいわね。私が働いて稼いだお金で入学できるんだから」

郊外の道路を走行していた。僕は次第に息が苦しくなってくる。スーツケースに押し込まれ、土を被せられた佐藤絢音も、こういう息苦しさを感じたのだろうか。

母の話を聞いていると、この密室空間から衝動的に逃げ出したい気持ちが膨(ふく)れ上がる。助手席のドアを開けて、走行中の車から飛び降りたら、どんなに開放的だろう。それを実行していないのは、理性がストップをかけているからだ。心の視野狭窄に陥っていないからだ。

死んだら楽になるだろう。父は落胆するに違いないけれど。父の信仰では自殺が許されていない。

自らを殺す者は殺人者である。

人間の生死は神に属するものであり、人間が決めていいものではない。

僕の命もまた、神様のものだ。だから僕は、僕を殺してはいけない。自殺をすることは神への反逆行為となる。死後、平穏は許されない、というわけだ。

でも僕は無宗教だから、当然、それらの禁忌は感じない。父を失望させることに負い目があるだけだ。神が人間を作ったことは、ありがたく思っているのだが、僕の命は、やはり僕のものだ。

「私が生んだから、あなたが存在する。だから私には、あなたを正しい道に進ませる役目がある」

母は常に僕の人生のイニシアティブをとろうとする。行き先を決めるのはいつも母だ。進学先の大学候補をすべて母が選んだように。反抗する気力は何年も前に失せてしまった。だから僕は自殺をしたいのだろうか。自分の死を自分の手で決定することによって、僕の人生は僕のものだと、証明したいのかもしれない。


「生きていく力が弱いのかな、私って」

あおいがグループメッセージに文章を送信していた。

「みんなが気にしないような些細(ささい)なことでも、ずっとうじうじ悩んじゃうんだよね。その場のノリで軽口を言って、後で後悔。死にたくなる」

おそらく返答が欲しいわけではないだろう。

何か身になるアドバイスを聞きたいわけでもない。

「死ぬのは一瞬。その瞬間の苦痛さえ乗り越えたら眠りにつける。どんな方法がいいんだろう。硫化(りゅうか)水素を使った自殺について調べてたけど、どうなのかな」

「失敗して死ねなかった場合、後遺症が残って悲惨らしい」

「助けようとした家族が吸ってしまって巻き添えになった事故、あったよな」

自殺方法について僕たちは相談する。

「あおいは、その日の天気を見て、死ぬかどうか決めるんだったよな？」

「朝に目が覚めて、カーテンを開けて、素晴らしい青空だったら、今日は死んでいい日ってことにする。だから、手軽で衝動的にできる死に方がいいよね。首吊りとか、手っ取り早いのかな」

「睡眠薬はどうだ。飲むだけだし」

「オーバードーズするには相当な量を飲まないといけない」

「それに、朝に目が覚めて、またすぐに寝るって、変だよ」

「変じゃないだろ、別に。ただの二度寝だよ」

「ただし永遠に目覚めない二度寝」

塾の行き帰りの電車内や、勉強の合間の休憩時間、二人とメッセージのやり取りをした。あおいは夏休みの間ずっと家に引きこもっている。涼は病院に行かなくていい日は、バスケ部の後輩の練習を見学しに行くか、家族と穏やかに過ごしているという。

「ベッドの上で横になったまま首吊りできるって本当なのか？」

「自分の首よりも高い位置に紐を引っ掛けることができるなら。病院のベッドで首を吊る人は多いらしいよ」

「涼君は首吊り希望？」

「体が衰弱して、起き上がれなくなったらな。でも、そうなる前に別の方法を選ぶのが理想だ。自分の体が弱っていくのを見るのが嫌なんだ」

涼はスポーツが得意だったらしい。だから余計にそう思うのだろう。

「どうせ長く生きられないのなら、病気が進行して苦しい思いをする前に死にたい。病気と戦う気なんかない。どうせ勝てないんだからな。棄権する。そのかわり、自分の足で動けるうちに、見晴らしのいい高台まで行って、そこから飛び降りるんだ」

夏休みが残り十日となる。夏の終わりが見えてきた。【サマーゴースト】はいつまで会うことができるのだろう。噂話によれば、彼女は夏にしか会えないらしい。秋になってしまったら、飛行場跡地で線香花火をしても佐藤絢音は出現しないのだろうか。それとも、夏以外の季節では花火をする者がおらず、結果として目撃情報がないというだけなのだろうか。

夏と秋の境界とはどこにあるのだろう。日本においては六月、七月、八月の三ヶ月間の季節を一般的に夏と呼んでいるらしい。また、気象庁では最高気温が二十五度以上の日を夏日と呼んでいるそうだ。佐藤絢音が本当に夏にしか現れないのであれば、夏日が続く期間に会いに行くべきだろうか。

「絢音さんの遺体はどうなったの？　探してる？」

「探してない。塾が忙しい」

この夏が終わって彼女に会えなくなったら、僕は年末に死ぬつもりだから、遺体を探す機会は失われる。彼女は行方不明状態のまま、悔恨（かいこん）を胸にこの街を永遠にさまようことになる。

僕はどうしたいのか。自問自答する。


八月の最終週のある日のことだ。塾から帰宅すると、クローゼットに隠しておいたはずのスケッチブックが、リビングのテーブルに置かれていた。最後に絵を描いたのは前日の晩だった。冬服の隙間にはさんで、見つからないようにしていたはずなのに、どうしてこれが、こんなところにあるのだろう。僕は混乱して立ちすくんだ。

「座りなさい、友也」

書斎にいた母がリビングにやってくると、テーブルを手のひらで叩いた。不出来な子どもを見るような呆れ気味の表情だ。胃がしぼむような感覚がある。

「まだ、絵なんか描いてたのね」

テーブルをはさんで母と向き合う。

「勉強の合間に。気分転換になるんだ」

「これ、どうして隠してたの？」

「見つかったら捨てられると思って。母さん、勝手に僕の部屋のクローゼットを見たの？」

「私が家賃を払ってるのよ。文句を言われる筋合いはないでしょう」

母が無言でスケッチブックをめくる。時計の針の音が聞こえるほど室内は静かだった。紙のめくられる音が、余計に大きく響いた。

「勉強に専念してほしいから、絵はやめてもらうって言ったでしょう？」

「休憩時間に絵を描くことでリラックスできるよ」

「あなたが心配なのよ。また中学生の時みたいに、くだらない絵描きの真似ごとをはじめるんじゃないかって」

知っていたけれど、母にとって美術部の活動は、その程度の認識だ。

「お絵かきを否定する気はないのよ。子どもの情操教育にいいと思う。でもね、そんなことに時間を費やしていいのは、せいぜい小学生まで。中学生にもなってお絵かきをしているあなたを見て、お母さん、恥ずかしかったのよ。まさか高校生にもなって続けていたなんて」

　母はスケッチブックをテーブルに置いた。開いてあるページには、佐藤絢音の姿が鉛筆で描かれている。地面から足先がすこしだけ浮いている全身像だ。僕はその絵を気に入っていた。彼女の醸し出す神秘的な雰囲気が、鉛筆の筆致でよく表せている。すこしだけ浮いている彼女は、何か超常的な存在が降臨した、と思わせる。

「わかった、もうやめるよ、絵なんて」

　母が望んでいるであろう台詞を口にする。

「今、この場を丸く収めるために適当なことを言ってるだけかもしれない」

「どうしたら信じてもらえる?」

　緊張して母の回答を待った。

　母はスケッチブックをつかんで僕に差し出す。

「破り捨てなさい。一ページずつ、自分が描いた絵を引き裂いてゴミ箱に捨てるの。そうしたら信じてあげる」

　スケッチブックを受け取り、どうすべきか迷う。母の気分を悪くさせると面倒なので、言われた通りに破り捨てるのが得策だ。また別のスケッチブックを入手して、隠れて描き続ければいい。口では何とでも嘘をつける。やめるとは言ったものの、実際にやめるつもりは、もちろんなかった。

しかし、僕はスケッチブックに描いた絵のいくつかをとても気に入っていた。飛行場跡地に向かう僕と涼とあおいの絵。夜の美術館や鉄塔の上にいる佐藤絢音のスケッチ。ためらいがあった。

「どうしたの？　できないの？」

空中に浮いている佐藤絢音の全身像の絵。

コピーはとっておらず、写真に撮って保存もしていない。

僕はその絵を目に焼き付ける。

昔から、母との対話の最中、幽体離脱したように感じることがある。室内の天井あたりから自分の肉体を見下ろしているような感覚だ。客観的に自分を見つめることで、感情を切り離し、自分の意志を殺しているのだろう。母の意見に従わざるをえない時、自分を魂のない人形にしているのだ。それが解離と呼ばれる精神状態であることを知っている。

僕は絵が描かれているページを両手でつかんだ。力をこめると、ページの上端から亀裂が入り、描かれていた佐藤絢音が引き裂かれる。母が満足そうにしていた。僕は何度もそのページを破り、細かな紙片にする。それが終わると、別のページもゴミにした。自分の手でちぎって細かくする。やがてスケッチブックの全ページがただの紙屑（かみくず）の山になると、ようやく母は言った。

「良い判断よ。あなたには絵描きの才能なんてないんだから、勉強に集中すべき。そうじゃなきゃ、まともな大人にはなれない。じゃあそろそろ、夕飯にしましょう」

笑顔で母は夕飯の支度をはじめる。

僕は絵の切れ端を両手であつめてゴミ箱に捨てた。

僕がもうすこし子どもだったら泣いていただろうか。まともな人間だったら、母と言い合いをして、喧嘩をした後に、絵を描く権利を勝ち取っていただろうか。しかし僕は、長年の母との暮らしの中で、そんな当たり前の母子の関係性をあきらめていた。自分のやりたいことを主張しても無駄だ。立ち向かう気力がそもそも湧いてこない。優等生のふりをしているのは、自分が弱い人間であることを知っているからだ。

解離の状態は長く続いた。魂が肉体から離れているかのような気分だが、佐藤絢音と過ごした夜のように楽しいものではなかった。

深夜。母が寝静まっているのを確認して僕は自宅を抜け出すことにした。音をたてず玄関で靴を履く。マンションを出ると、湿気を含んだ風が街路樹の葉をゆらしていた。外灯の連なった遊歩道を僕はあるいた。行く宛(あて)はない。外の空気を吸いたかった。スケッチブックに描いた絵を、自分の手で破らされたことが堪(こた)えていた。

遊歩道に沿って小川が流れている。立ち止まって水面をのぞきこんだ。外灯に照らされて逆光になっている僕の真っ黒な影が水面に映っている。

死ねばこの息苦しさから解放されるだろうか。

楽な気持ちになれるのだろうか。

佐藤絢音に会いたくなった。ゴーストになって彼女と空を飛んだ夜のことを思い出す。肉体を地上へ置き去りにして、その夜、僕は自由だった。

死んでゴーストになれば、僕はもう二度と、こんな息苦しさを味わうこともないのだろうか。それなら今すぐに死んでしまいたい。

この小川の浅さでは入水(じゅすい)自殺は無理だろう。しばらく歩けば大きな河川に合流する。深い場所を探して飛び込んでしまえばいい。

だけど佐藤絢音は死後も後悔していた。母親を見る彼女の目には心残りの色合いがあった。それなら死後も安寧は訪れないのだろうか。魂が思い悩んでいるかぎり、死後も息苦しさから逃れられないのだろうか。

きっと彼女は永久に後悔しながら街をさまようのだろう。母親の死後も彼女の魂は解放されることがないのだろう。

死ぬのはいつでもできる。年末まで待たなくてもいい。その前に、佐藤絢音と対話してみるべきだろうか。ぼんやりと歩きながら僕はそうかんがえる。

彼女は自分の肉体のことをどう思っているのだろう。スーツケースに入れられ、地中に埋まったまま、おそらく腐敗しているであろう自分の肉体を。放置しておいていいと思っているだろうか。それとも、だれかに発見されてほしいと願っているだろうか。

もしも彼女がそれを望んでいるのなら、僕は手助けができるし、死ぬのはその後でもいい。彼女の後悔がそれで終わるのなら、僕は彼女の入れられたスーツケースを開けて、外の空気を吸わせてあげたいと思った。

五

夏休みが残り五日となる。僕は塾の帰りに寄り道をすることに決めた。

線香花火を購入して電車とバスを乗り継ぎ、飛行場跡地へ到着する頃には夕日も沈んでいる。空は明るさを失った深い青色になり、夏の星座が輝きだす。

滑走路の真ん中で僕は線香花火の先端をライターの火で炙(あぶ)った。燃える雫(しずく)が生まれ、火花を散らしはじめる。

夜の暗闇に対し、人間は本能的に死のイメージを抱(いだ)いている。そこで輝く一瞬の光に、僕たちは生命の息吹を重ねているのかもしれない。だから花火は美しいと感じられるのだろうか。

一際、火花が激しくなり、その後、虫の声が静まった。時間がひきのばされるようないつもの感覚。彼女が来る。予感した直後、声をかけられた、

「友也君、また来たんだ」

いつからそこにいたのかわからなかった。まるで最初からそこにいたかのように、正

面に彼女は立っていた。

　僕は線香花火を離す。時間の静止した世界で線香花火は空中に固定された。

「あいかわらず、死にたがってる人の顔をしてるね」

　彼女は僕を見て呆れたような顔をする。

「そちらはお元気そうですね、絢音さん」

「死者に対してお元気そうって言葉はどうよ」

「ただの挨拶です。気にしないでください」

　彼女の姿は儚く、そよ風が吹けばかき消えてしまいそうだ。蜃気楼に似ている。彼女は目の前に見えるのに、実際はここではないどこか遠くにいるかのようだ。

「今日はどうしたの?」

「思いついたことがあって、それを提案しに来ました」

「提案?」

「絢音さんは、スリーピー・ホロウの伝説って知ってます?」

「首なし騎士の話?」

「それです」

アメリカで語り継がれる伝説のひとつだ。スリーピー・ホロウと呼ばれる地域の森には、首を切り落とされた騎士の幽霊が出るという。そいつは自分の愛馬にまたがって、鬱蒼とした暗い森の中をさまよっている。

「私、その伝説を題材にした映画、見たことあるよ」

「首なし騎士は、失った自分の首を探しているって設定でしたよね」

「それがどうかした?」

「絢音さんも、そうなんじゃないかって、思ったんです。首なし騎士が、失くした自分の首を探して森をさまよっているように……」

「私も、失くした自分の体を探して、この街をさまよっていると」

「違いますか?」

「最初はそうだったのかもしれない。でも、この前も言ったけど、あきらめたんだよ。見つけ出したところで、私にはどうにもできない」

「僕ならできます。半分、生きてて、半分、死んでるような状態だから」

もしかしたら、彼女が【サマーゴースト】として現れるのは、自分の体を探してくれるだれかが来るのを期待して待っていたからじゃないだろうか。彼女は、自分の声が聞こえて、話の通じる存在を探していたのではないだろうか。

「具体的には、この前みたいに魂を分離してもらって、地中を捜索するんです。遺体の入ったスーツケースを発見したら、肉体にもどってその場所を警察に通報するんです。あるいは、自分でその場所に行って地面を掘ってもいい」

「それを友也君が、やってくれるの？」

「絢音さんが迷惑でなければ」

「迷惑じゃないよ。むしろ、感謝しかない」

僕は安堵する。あおいと涼に言われたことが引っかかっていたからだ。頼まれてもいないのに、遺体を探すなんて、余計なお世話かもしれないと不安だった。

「だけど、どうしてそんなことしてくれるの？　友也君にメリットなんかないでしょう」

「死ぬまでの暇つぶしです。人生なんてそんなものです」

「高校生のくせに生意気な」

佐藤絢音はそう言ってすこし真面目な顔つきになり、右手を僕に差し出す。輪郭が背景に溶けてしまいそうな、まるで印象派の画家が描いたかのような腕だ。

「よろしく、友也君。いつから、はじめる？」

「今からですよ。夏が終わるまでに、見つけましょうね」

彼女の手に触れて握手をする。触れた瞬間、視界がずれるような感覚があった。魂が肉体から分離したらしい。

佐藤絢音が僕の手を引っ張る。彼女がつかんでいるのは僕の魂の手だ。肉体から引きずり出された僕は、彼女に手を引かれて空に浮いていた。

夜空を上昇しながら、佐藤絢音は僕を見てうれしそうな顔をしていた。勇気を出して提案してみて良かった。

肉体を地上へ置き去りにして、魂は空を移動した。郊外の荒れ地を飛び越えると住宅地が見えてくる。外灯や窓の明かりが地上に広がっていた。

彼女の肉体を収めたスーツケースは、はたして、どの辺りに埋められているのだろう。捜索範囲を狭められないかとかんがえてみる。

住宅地を縫うように線路が伸びている。この地域には複数の鉄道会社の路線が通っていた。僕たちは上空から線路を見下ろす。

「絢音さんが埋められている時、電車の音が聞こえたんですよね？」

「うん。スーツケース越しに、それはもう、はっきりと聞こえたよ」

「どんな音でした？　モーター音に特徴があったりしました？」

「普通の電車の音としか言えないよ。私が鉄道好きだったら、音だけでどの鉄道会社かわかったかもしれないけど。残念ながら電車が線路を走り抜けた音ってことしかわからない」

「踏切の音は聞こえましたか？」

「そういえば、しなかったかも」

ということは、踏切の近くは捜索範囲から除外していいだろう。

「音は何秒くらい続きました？」

「あんまり覚えてないけど、五秒以上は続いたかな。十秒近くあったかも」

「スピードが乗った感じの音ですよね」

「そうだね。駅に到着する前の速度を落とした印象じゃなくて、がーっと駆け抜ける時の音だった」

駅の周辺ではなさそうだ。電車がスピードを上げて通過する地点を探すべきだろう。

また、十秒近く音が続いたということは、二両編成や三両編成ではなく、それなりに長い編成の電車だったと推測できる。

「線路脇の、どこか手つかずの土地に埋められたってことなんでしょうね」

「あるいは、私を轢いた運転手の自宅が、線路のそばにあって、その敷地に埋められているのかもしれない。これまでにも私、自分の力で探そうとしたことはあったのよ。手当たり次第に線路近くの地面に潜ってみた。線路脇の一軒家の裏庭とかね。でも、探す場所がありすぎて、あきらめちゃった」

鉄道の線路は日本中に張り巡らされている。すべての線路脇の地中が捜索範囲だとしたら、確かに途方もない。しかし実際はもっと範囲を狭められるはずだ。

彼女が轢かれたのは自宅からそれほど離れていない場所だったらしい。その後、気絶している間に車でどこかへ運ばれてしまった。どれくらいの時間、彼女は気を失っていたのだろう。それによって埋められた場所の範囲が変化する。

「轢かれた後、どれくらいの時間、気絶していたかわかります?」

例えばスーツケースの中で目覚めるまで、ほんの十分程度しか経過していなかったとしたら、事故現場から車で十分以内の距離に埋められていることになる。

「ごめん、わからない」

「血は乾いてましたか？」

「覚えてないよ」

「では、家を飛び出したのは何時頃だったか、覚えてます？」

「夜の九時半頃だったと思う。お母さんと喧嘩をしたの。本当に馬鹿だった……」

彼女は目を伏せた。喧嘩さえしなければ、生きていられたのに。そんな後悔が感じられる。

「車に轢かれたのは、家を出て何分後のことですか？」

「十五分後くらいかな」

彼女が車に轢かれたのは夜の九時四十五分前後。それなら、何時間も気絶していたとは思えない。この地域の終電は深夜零時頃だ。彼女がスーツケースの内部で電車の音を聞いたというのなら、終電前の時間帯だった可能性が高い。また、運転手はどこかでスーツケースを調達して彼女を入れなくてはならない。その作業にかかった時間を差し引けば、事故現場から車で移動できる範囲は、せいぜい二時間以内だろう。

もっとも、彼女が一晩中、気絶していた可能性もある。その場合、聞こえてきた電車の音は始発以降のもので、捜索範囲は一気に広がってしまうのだが……。そうではないことを祈ろう。犯人側の心理として、夜の暗闇に乗じてスーツケースを埋めたかったはずだから。始発以降の明るい時間帯ではないと思う。

佐藤絢音から事故現場の住所を聞いて、頭の中に近隣の地図を思い浮かべた。こんな時、スマホの地図アプリが使えないのは面倒だ。事故現場を中心として円を広げ、条件のあう鉄道路線の捜索ポイントをいくつか候補にあげる。

事故現場から車で二時間以内に行ける範囲で、近くに踏切がなく、電車がスピードを乗せて通り抜ける場所。短い編成の車両ではなく、それなりの数の車両が連結されている路線。捜索範囲をある程度、絞り込めたが、それでも探す場所は多かった。後はしらみつぶしに地中を調査するしかない。

僕たちは夜空を移動して、佐藤絢音の生家に近いエリアから捜索を開始した。線路上に降りて、砂利の敷かれた地面に体を沈み込ませる。物理的な抵抗が存在しないため、水中へ潜るよりも簡単に、するりと体は地中へ入っていく。

「予想ですが、それほど深くはない場所に埋まっているはずです」

「そうだね。スコップで穴を掘ったのなら、せいぜい一メートルくらいかな」

彼女に確認してみたが、重機を動かして土を被(かぶ)せたような音はしなかったらしい。地中の深い場所へ潜る必要はなく、せいぜい市民プールの深さくらいの浅い場所を重点的に見ていけばよさそうだ。

地中の視界はゼロではないが、明瞭というわけでもなかった。自分の近くに埋まっている建物の土台や配管といったものはわかるが、あまり遠くのものはぼやけて認識できない。濁った水中を泳いでいるような視界だ。

体感で二時間程度、僕たちは地中を捜索した。線路脇の荒れ地や畑地、建物が建っていない地面や、一軒家の庭にダイブしてスーツケースを探す。地中を飛んでいるうちに、マンションの地下駐車場や、地下室のある家に迷い込んだ。地上にもどって線路の場所を確認し、佐藤絢音と声をかけ合って位置を教え合いながら捜索を続けた。しかしスーツケースの発見には至らなかった。

どれだけ動き回っても疲労することはなかったが、途中で佐藤絢音が提案した。

「そろそろ、切り上げましょう」

「まだ探せますよ」

「もうすぐ私たちの対話できる時間は終わってしまうの。だから友也君は体にもどらないと」

「もどらなかったらどうなるんですか?」

このまま魂の状態でいた場合、肉体にもどれなくて死んでしまうのではないかと想像した。それならそれでもいい。問題があるとすれば、スーツケースの位置の特定に成功しても、生者の世界のだれかに伝えることができなくなるということだ。

「別に何も起きないと思う。何となくわかる。きみに触れることで、魂を肉体から分離して連れ出せるってことが、直感的にわかったように。その時が来たら、友也君は飛行場跡地の肉体で目覚めるだけだと思う」

「試してみましょうか」

結果次第では死ぬことになるかもしれないが。

僕は佐藤絢音と線路の上空を漂いながら時間つぶしに話をした。

「夏が終わるまでの間に絢音さんの遺体を探し出すとなったら、あまり悠長なことはしていられませんね。これから毎晩、捜索しましょう」

夏と秋の境界をどこに定めるべきか意見がわかれそうだが、もうそれほど日数はのこっていないとかんがえるべきだろう。ちなみに、夏の間にしか彼女が現れないというのはどうやら本当のことらしく、自覚があるらしい。

「秋になったら会えない。次の年の夏まで私は出てこられなくなる」

「それって、どうしてなんですか？」

「お盆が夏だからじゃない？」

「絢音さんは仏教徒だったんですか？」

お盆とは日本古来の祖霊信仰というものと仏教が融合した行事らしい。

「違うよ。でも、夏って何となく幽霊とか出そうじゃない？　テレビで怪談の番組とかやるよね？　私、幽霊とか苦手だから、絶対に見ないけど」

「え？」

「ん？」

「まあ、いいですけど。夏に怪談話をするのも、お盆が関係してるみたいですよ」

とある民俗学者の説によると、鎮魂をテーマとする【盆狂言】と呼ばれる伝統芸能がお盆の時期に農村で行われていたらしい。その流れを取り入れ、歌舞伎の世界では『東海道四谷怪談』などの幽霊が登場する演目を、【涼み芝居】と称して夏に上演するようになった。そのため夏に怪談話をするというイメージが定着するようになったそうだ。

「絢音さんがメキシコ人だったら、秋の終わりくらいに現れていたのかもしれないですね」

「どうして？」

「死者の日というのが、秋の終わりにあるんです」

死者の魂がもどってくると言い伝えられている風習だ。その時期になると、メキシコでは骸骨のペイントをほどこして人々が街に繰り出すという。

似たような風習として欧米文化に根付いているハロウィンというものがある。こちらも死者の日とほぼ同じ時期に行われる。そのため欧米では、秋の終わり頃に幽霊やお化けの話をすることが増えると聞いたことがある。

「高校生のくせに、いろんなこと知ってるよね、友也君」

感心したように絢音さんが言った。

その直後、僕の視界は暗転した。

重力を感じて僕は膝（ひざ）をつく。飛行場跡地の肉体に僕はもどっていた。夏の夜の湿気をはらんだ風が吹く。滑走路脇の雑草がゆれてざわめくような音をたてた。

僕の目の前に火の消えた線香花火が落ちている。まだ空気中に火薬の燃える臭（にお）いが残っていた。佐藤絢音の姿は、もう見当たらない。

ゴースト状態の僕の魂は、飛行場跡地からずいぶん離れた地点にいたはずだ。時間切れになると同時に一瞬で肉体までもどってきてしまった。肉体と魂はそれほど強い結びつきをしているということだろうか。それとも、現実世界の地理的な距離のことを論じること自体、意味がないのかもしれない。

連続して線香花火をすれば、今晩のうちに何度も彼女と邂逅(かいこう)し、スーツケースの捜索が好きなだけできるのだろうか。しかし肉体にもどってくると、頭の中の疲労感がひどい。超高速で目まぐるしく思考した後のような状態だ。そういえば前回もこうなったなと思い出す。魂の体験した数時間分の記憶が、一気に肉体の脳に刻まれるせいだろうか。

「また明日、来ます」

僕はだれもいない滑走路に声をかけた。その声が彼女に届いていると信じて。錆(さ)びた金網の裂け目をくぐり抜け、僕は帰路についた。

翌日の晩。再び僕は飛行場跡地にいた。

線香花火の勢いが一瞬だけ強くなると、虫の声が遠ざかり、風が止まった。

背の高い雑草の合間から滲(にじ)み出るように【サマーゴースト】が現れる。

月明かりの下で佐藤絢音は、僕たちを順番に眺めて言った。

「今日は勢揃いだね。こんばんは、あおいちゃん、そして涼君」

滑走路に屈んで線香花火を見つめていたあおいが、立ち上がって笑顔になる。

「おひさしぶりです」

涼は、ポケットに突っ込んでいた手を引き抜いて、軽く会釈をした。

「友也から連絡があって、手伝いに来ました」

「二人よりも、四人で探す方が、見つかる可能性は高いですから」

範囲を絞り込んだとはいえ、手探りで地中を捜索している状況だ。捜索する人員は多い方がいい。そこで僕は昨晩のうちにあおいと涼にメッセージを送った。佐藤絢音は自分の遺体探しに前向きであること。もしよければ手伝ってほしいこと。

前にファミレスで話をした時、二人は遺体の捜索に前向きではなかったから、断られるかもしれないと思っていた。しかし佐藤絢音自身がそれを望んでいるのならと、参加を表明してくれたのである。

「ありがとう。何のお返しもできないのに」

佐藤絢音は、すまなそうにする。

「別にいいよ。すでに充分、俺は感謝してるから」

「私、涼君に感謝されるようなこと、何かしたっけ？」

「死は消滅ではないのかもしれないって、そう思えたから」

「私もそうです。絢音さんとお話しができてよかった。だから何かお手伝いしたくて。家にいてもどうせゲームするか寝てるだけだし。最後の夏になるかもしれないんだから、思い出になるようなことしておこうと思って」

「あおいは、ただ、仲間はずれにされるのが嫌だっただけなんじゃないか？」

「違うよ。どうしてそんないじわるを言うの」

「冗談だろ、冗談」

さっそくスーツケースの捜索に取りかかった。まずは佐藤絢音が僕たちの魂をそれぞれの肉体から引っ張り出す。僕はもう慣れていたが、涼とあおいは戸惑っていた。

「わわわわ……！」

あおいは逆さまになって手足をばたつかせる。地面に足をつけて立とうとするが、足先は地面をすり抜けてしまうので姿勢がたもてない。

「落ち着いて、あおいちゃん。心をまっすぐに。心で立たなくちゃいけないの」

佐藤絢音があおいの体を支えながら説明する。ゴースト状態になると彼女の姿から曖昧さがなくなり、触れ合うことができた。あおいは彼女の腕にしがみついて姿勢を整える。

「絢音さん、私、飛ぶのが苦手みたいです」

泣きそうな声を出す。

一方、涼は最初だけ姿勢制御に手こずっていたが、すぐにこつをつかんだらしく、自由自在に空中を移動できていた。

「すごいな。これなら、ダンクシュートも簡単だ」

僕の頭上を回転しながら飛び越えて、ダンクシュートを決めるようなポーズをとり、鮮やかに着地する。

四人で夜空を飛び、僕たちはスーツケースの捜索場所へ向かった。捜索範囲の選定基準については説明済みである。河川敷を越え、街の光を眼下に見下ろしながら線路を目指した。あおいはまだふらつくようにしか飛ぶことができないため、佐藤絢音に引っ張られている。気を抜くと急降下してしまうらしい。それでも空からの美しい眺めに感動していた。

「今日はこの辺りを捜索しよう」

僕はそう言うと住宅地からすこし離れた地点に降り立つ。線路の両側には材木置場や雑木林しか見当たらない。

「人間の入ったスーツケースを埋めるのに良さそうな場所だな。周囲に家がないから、目撃される心配もすくない」

涼は周辺を見回して言うと、さっそく地面にダイブする。レールや枕木、その下の砂利をすり抜け、彼の体は地中に消えた。

「あおいちゃんは、私と手をつないで行こうか」

「お願いします」

あおいは佐藤絢音と一緒に地中へ沈む。

「それらしいものを見つけたら声を出してくださいね」

空気のない地中でも、僕たちの声は問題なく相手に届く。ゴースト状態における声とは、空気の振動ではないのだろう。

地下一メートル程度の浅い場所を僕たちは飛びながらスーツケースを探した。しかし見つかるのは、地面に埋まっている瓦礫(がれき)や不法投棄された粗大ごみばかりだ。人間が入りそうな大きさの四角形の箱を発見したものの、近づいてみると小型の冷蔵庫だとわかる。ちなみに周囲の泥や土が透けて見えるのと同じように、埋まっている物体も意識すれば半透明にできた。目の焦点を合わせるのにすこし似ている。そのおかげで、埋まっている冷蔵庫の中の状態が、扉を開けなくてもぼんやりとわかった。中身は空っぽだった。

　僕と涼は途中で合流して相談した。

「同じ場所を捜索するのは得策じゃない。俺は線路に沿って東へ向かう」

「じゃあ僕は西側へ。それと、道のそばや車が止められるような空き地の近くは慎重に調査した方がいい。絢音さんを埋めた犯人は、車で彼女を運んできた可能性が高い」

「オーケー」

　体感で一時間ほどその周辺を捜索しても結果は出なかった。

　次に住宅地を通る別の路線で同じことをする。人が住んでいる場所の方が、地下はにぎやかだ。様々な配管、ケーブル、建物の土台が埋まっている。ジャングルのように入り組んだ地中に目を凝らし、スーツケースが埋まっていないかを調査する。

「ちょっとそこで休んでいきましょう」

しばらくして佐藤絢音が提案する。彼女が指さしたのは、線路を走行中の電車だった。照明のついた車両の窓が、数珠つなぎに並んで夜の中で光っている。僕たちは車体の壁をすり抜けて中に入った。乗客はほとんどいない。空いている座席に並んで腰掛けた。物質をすり抜けてしまうため、お尻を座席に接して浮いている状態なのだが、イメージの問題だろう。腰掛けた姿勢になると、休んでいるという気分になり、魂がリラックスできた。

「なかなか見つかりませんね」

「まだ二日目よ。そう簡単に見つかるわけないよ」

電車の座席は横長タイプのものだ。腰掛けていると正面に反対側の壁の窓ガラスが見える。普通ならそこに僕たちの姿が映り込むはずだ。しかし無人の座席が窓ガラスに反射しているだけで、僕たちの姿は見えない。自分は今、ゴースト状態にあるのだと実感する。

「絢音さんは、犯人を憎んでないんですか?」

あおいが聞いた。

「私がもしも幽霊になったら、いじめてきた奴らの枕元に毎晩立って、ノイローゼにしてやろうと思ってるんです。そういう憎しみって、ないんですか？」

佐藤絢音には犯人を憎む権利がある。車に轢かれた直後、病院に運ばれていたなら、助かっていたかもしれないのだから。

「完全に許したわけじゃないよ。でも、自分でも変だけど、どうでもよくなっちゃった。事故を隠蔽（いんぺい）して、警察に名乗り出なかったことは裁かれるべきだけど……。運転手への憎しみよりも、お母さんと喧嘩しちゃったことへの後悔の方が今は大きいかな」

「絢音さんは、人間ができてますよ。私、いじめっ子たちの名前と悪行を遺書に書くつもりですから。私の死後、できるだけあいつらが後悔したり、怯（おび）えたりすればいいなと思ってるんです」

涼が言葉をはさむ。

「そんなことしても無駄だ。いじめた奴らが、その程度で後悔するわけないだろ。そういう奴らはな、葬式でお前の死に顔を笑いながらスマホで撮るんだ」

「じゃあ、どうすればあいつらに精神的なダメージを負わせられるの？」

「さあな。自分でかんがえろ」

休憩を終えてスーツケース探しを再開したが、すぐに時間切れとなる。視界が暗転して次の瞬間には飛行場跡地の肉体にもどっていた。

突然に復活した重力の影響であおいは尻もちをついていた。涼は周囲を見回し、佐藤絢音がいないことを確認する。それから僕たちは頭を押さえた。脳が疲労している。

「今日はもう帰ろう」

二人に声をかけて、飛行場跡地を出ることにした。


翌日も、さらにその翌日も、僕たちは遺体の捜索を行なった。昼間に塾で勉強をして、夕方になると駅であおいと涼に合流する。線香花火を携えてバスに乗り、飛行場跡地へ向かった。

帰りは遅くなる、と母にメッセージを送っておく。塾で勉強の追い込みをしているという言い訳をした。深夜まで塾で勉強をしている子たちは多かったから、特に疑われることはなかった。母も仕事が忙しそうだったので、僕にかまっていられなかったのだろう。

スケッチブックの一件があって以来、絵を描いていなかった。隠れてノートに描こうと思えばできたはずだ。描いたものを母に発見されるのが嫌なら、コインロッカーなどを利用して、外に隠しておけばいい。しかし、そういう気にもならなかった。心が折れてしまったのかもしれない。自分の手で、自分の絵を破った。その事実で、僕の中にあった大事なものが壊れてしまったのだろうか。あの時、母に立ち向かい、自分の絵を必死になって守っていれば、今もまだ、絵を描きたいという気持ちは残っていただろうか。だけど保身を優先した。その裏切り行為によって、自分の中にあった創作意欲は、僕という人間に愛想をつかして逃げていってしまったのかもしれない。

もう絵を描かないまま人生を終えるのかもしれない。それは母が望んだことだ。このような効果を狙って、僕自身に、自分の絵を破らせたのだろうか。

あおいは憎しみについて語っていた。彼女は自分をいじめていた相手を憎み、自殺をすることで彼らに精神的ダメージを与えたいらしい。

僕の場合、憎しみの対象を選ぶとするなら、母ということになるのだろう。だけど遺書に恨みつらみを書くほどの熱量を母に対して抱いていなかった。遺書は今のところ書かないつもりだ。大人たちは、僕の死の理由が何だったのかを悩むに違いない。勉強のノイローゼとか、受験への重圧とか、そういった問題に落とし込んで片付けられるのかもしれない。

本当は生きる意欲をなくしているだけだ。このまま生きていてもしょうがないというあきらめの雰囲気があった。やりたいこともできない臆病者。母に従う人形。優等生を演じているだけの空っぽの人間。それが僕だ。すくなくとも自分で死を選ぶことができたら、僕の人生は僕のものだと言い張れる。だから死ぬ。

あおいや涼の抱えている問題にくらべたら、僕の自殺の理由はレベルが低くて恥ずかしい。生きるのにつかれた。一言で口にすれば、その程度のことでしかない。

自殺をかんがえないこの世の大勢の人たちは、なぜ生きていられるのだろう。幸福だから？　将来の夢があるから？　生きる目標を持っている人は強い。心に信じているものを持っている人はゆるがない。宗教を信仰している人が多い国では自殺率が低いというけれど、それは教義で自殺が禁止されているためなのか、それとも、心に確固たる信じているものを持っている人が、そもそも強いのか、どちらなのだろう。

スーツケースを探している最中、涼が言った。

「後から振り返って、こう思うんだろうな。自分が生きていたのは、ほんの一瞬で、社会に何の影響も与えずに消えていく、泡みたいな人生だったなって。俺が【サマーゴースト】の死体探しを手伝うことにしたのは、何かをやり遂げてから死にたいと思ったからなんだ。バスケを中途半端にやめたことが、気になっていたのかもしれない。みんなはいいよな、未来があって、うらやましいよ。長く生きられる奴らへの妬みが、俺の中で、次第に膨れ上がっていくのがわかるんだ」

線路の切り替えポイントを見下ろせる場所に、僕たちは浮かんでいた。

「何も残せずに死んでいくのなら、どうして生まれてきたんだろうな。俺の人生には何の意味があったんだろう」

涼の疑問に対する答えを僕は持っていなかった。だから沈黙して話を聞いている。軽々しく、もっともらしい回答を口にしていたなら、彼は僕のことを軽蔑していたに違いない。

事前に絞り込んでいた捜索範囲のうち、八割以上を調査してしまった。それでも見つからない。どこかで見落としがあったのだろうか。ゴースト状態の僕たちは地中を高速で移動できる。そのため、埋まっているスーツケースが視界をよぎったのに、気づかないで通り過ぎてしまった可能性は否定できない。

「ごめんなさい、私がもっとうまく飛べたら、効率よく調べられたのに」

あおいがすまなそうに言う。彼女はあいかわらずうまく飛ぶことができなかった。佐藤絢音が手をつないで一緒にいる。

「あおいちゃんの魂が行きたい方向へ進むよ。どっちへ行きたい？　さあ、よく思い浮かべて。どこへでも自由に行っていいのよ」

時折、佐藤絢音があおいに言って手を離す。しかしあおいは、空中でぐるぐると回転するだけだ。ようやく前に進んだかと思えば、次の瞬間には急角度で別の方角へ飛んでいってしまう。

「私の魂は、行き先を決めるのが下手みたい。自信がないのかも。萎縮してしまって、どっちへも進めない。ぐるぐるとかんがえ込んで、最後には逃げ出すみたいに見当違いの方向へ飛んでいっちゃう」

あおいは学校でいじめられて、登校拒否を経て、引きこもりになったという。その影響が現れているのだろうか。

「平気だよ。手をつないで飛べばいい。私は向こうを見てるから、あおいちゃんは、反対の方向を注意深く探してくれたらいい。一緒に私の体を探してくれる人がいるってことが大事。視点が二倍になれば、それだけ見つかる確率もアップするってわけ」

佐藤絢音があおいを励ます。

スキューバダイビングをするみたいに、線路脇の地中に体を沈み込ませる。地下に埋まっている建築資材のジャングルをすり抜けながらスーツケースを探す。

休憩中、何度も繰り返し、同じことを佐藤絢音に聞かれた。

「どうしてきみたちは遺体探しを手伝ってくれるの？」

最初は彼女のためだった。地中からスーツケースを掘り出して、彼女の遺体を外に出してやることで、呼吸をさせてあげたかった。でも、自分でもわからなくなってくる。もしかしたら僕たちはそれぞれ、死というものに触れようとしていたのかもしれない。死体を探し出して、目の当たりにすることで、いつか自分が死ぬ時の心構えをしようとしていたのかもしれない。スーツケースを開けた時に現れる遺体は、佐藤絢音の肉体であり、同時にまた、自分たちにいつか訪れる死そのものだから。

夜空を四人で飛ぶ。

街の光が地上一面に広がっている。

家々の明かりの数だけ人が生きて暮らしている。

想像すると途方もない気持ちになった。

そして、夏休み最終日の夜が訪れる。

たとえ八月が終わっても夏が終わるわけではない。スーツケースが見つからなければ引き続き秋になるまで捜索すればいい。頭ではそうかんがえられるのだが、高校の二学期がはじまるという事実は大きい。あおいは、九月に入っても登校拒否を続けるそうだけど。

「一応、私も、制服を着て学校に行こうとはするよ。行きたい気持ちはある。でも、校舎が近づいてくると、吐いてしまうの。道端にうずくまって、一歩も足が動かなくなる」

あおいの両親も、無理に彼女を行かせようとは思っていないらしい。

「うちの親は基本的に無関心。お父さんの連れ子だからかな。再婚なんだ。私、お母さんとは血がつながってないわけ」

僕たちはその夜、県境の線路脇の地中を捜索することにした。住宅地の外れに線路が伸びており、二本のレールが月明かりを反射していた。地表すれすれを飛びながら、帰宅途中のサラリーマンを乗せた電車の横をすり抜け、そのまま地中にダイブする。

最初の一時間、何の成果もなかった。

場所を変えて、さらに捜索を続ける。

「見つかったか?」

地中をすれ違いざまに涼が聞いた。

「だめだ」

「ここにもなかったら、他にどこを探す?」

「捜索範囲を見直すべきかも。それとも、見落としがあった可能性を考慮して、もう一度、同じ場所を探すべきかな」

その時、佐藤絢音の声がした。

「友也君、涼君、どこ?」

声は頭上から聞こえた。僕と涼は顔を見合わせて浮上する。

線路上に佐藤絢音が一人で浮かんでいる。手をつないでいたはずのあおいの姿は見当たらない。

「どうしたんです?」

「あおいちゃんが、いなくなっちゃった」

困惑した様子で彼女は言った。

「一人で飛ぶ練習をしていたの。手を離して並んで飛びながら、地面の下を探してた。最初のうちは安定して飛行できていたんだけどね。でも、ちょっと目を離している間に、びゅーんってどっかに行っちゃった……」

制御不能になったあおいは予測不能な動きをする。慣性の法則を無視した急角度で飛ぶものだから、ついていくのは難しい。

「放っておいてもいいんじゃないかな」

「そのうち時間がきたら、飛行場跡地の肉体にもどされるわけだしな」

僕の言葉に、涼が同意を示す。

「薄情な人たちね」

佐藤絢音は腕組みをして言った。

「どっちの方角に飛んでいったんですか?」

「向こうの方」

線路が伸びている方角だ。

「じゃあ、地中を探索しながら、何となくそっちの方に行ってみましょうか」

ゴースト状態の時、飛ぼうと思えば、どこまでも飛ぶことができるのだろうか。空よりも高い場所にも行けるのなら、成層圏を越えて地球を離れることも不可能ではないはずだ。地中深く、人類がまだ到達していない深淵にも潜っていけるのではないか。だけど不思議と試す気にはならない。自分たちの生活圏内にしか行けそうにないという、奇妙な確信があった。これが浮遊霊としての自覚だろうか。好きなだけ旅行ができる、というわけではないみたいだ。

ぼんやりとそんなことを思いながら移動していると、遠くの方にあおいらしき人影が見えた。

「おーい！」

ふらつきながらも一人で飛んでいる。

「みんな！　来て！　スーツケース、見つけたかもしれない！」

僕たちに手を振りながら、彼女は叫んでいた。

合流してあおいから聞いた話によれば、それはまったくの偶然だったという。先ほど、佐藤絢音と一緒に飛んでいた彼女は、気を抜いた瞬間にバランスを崩してしまった。何とか立て直そうとするが、急に方向転換してしまい、きりもみしながら意図しない方向へと飛んでいってしまったそうだ。

「お願い、止まって！」と念じるが、止まるどころか、壊れたロケットみたいに滅茶苦茶な軌道を描いて地上に出たり入ったりを繰り返した。

「暴れる馬にしがみついてるみたいだった。本当に、死ぬかと思ったよ」

街の上空まで高く上がった後、彼女は流星のように高速で夜空を突っ切った。いくつものマンションや民家を彼女はすり抜けながら地上にもどってきたという。テーブルで夕飯を食べている知らない家のダイニングを通り抜け、老夫婦がお茶をのみながらテレビを眺めている居間を横切り、店員が品物を並べているコンビニエンスストアをすり抜けた。

彼女がようやく落ち着いて姿勢制御できたのは、鉄塔付近を飛んでいる時だった。ぐるぐると回転する視界に嫌気がさして彼女は目を閉じる。そして佐藤絢音の言葉を思い出したという

「あおいちゃんの魂が行きたい方向へ進むよ。どっちへ行きたい？」

気づくと彼女は空中でぴたりと静止していた。

あおいはようやくほっとして、元いた場所へもどろうとした。線路を探して地中を進

めば僕たちに合流できるはずだ。

鉄塔のすぐ横を線路が通っていることに気づく。

彼女は地中にダイブした。地面をすり抜けて沈むと、濁った水中のような視界へと切り替わる。

「みんながいる方はどっちだろうって思ったの。線路をどっちに進めば合流できるかなって。完全に方向がわからなくなってたから。困っちゃって、地中でかんがえ込んでたんだ。そしたらね、すぐそばに、それがあった」

彼女が潜り込んだ地面の、地上から一メートルもないくらいの浅い場所に、何かが埋まっていた。ちょうど人間が入りそうなサイズの箱型の物体だったという。

僕たちは、あおいに案内されてその場所へ向かった。

鉄塔が建っている荒れ地。金網で覆われた郊外の一画。白い草花が咲いているあたりの地中に、彼女の言う通りのものが埋まっていた。

スーツケースだった。何週間も海外旅行する人が使用するような大きさのものだ。僕たちは無言で、すこし深い場所からそれを見上げた。

目を凝らすと、スーツケースの外側が半透明になり、中に入っているものがぼんやりと透けて見えた。

地中の泥や土も濁った水のように半透明状態だったから、夜空で輝く月までが薄く見えた。そのせいで、月明かりが地中にまで差し込んでいるかのようだった。

「見つけた」

佐藤絢音が言った。

折りたたまれた人間のシルエットが、スーツケースの中に透けて見えていた。

直後、僕たちの視界は暗転する。


タイムリミットだ。僕たちは強制的に飛行場跡地の肉体にもどっていた。持っていた線香花火の火球が、火花を散らし終え、滑走路の地面に落下する。頭の疲労感に耐えながら周囲を見回し、佐藤絢音の姿がないことを確認した。

「さっきの場所、覚えてるか?」

「何となく」

「でかしたぞ、あおい」

「本当?」

「ああ、本当だ。お前が見つけたんだ」

二人は僕を見る。これからどうするのかを問うような目だ。

「行ってみよう」

僕が言うと、二人はうなずいた。

飛行場跡地を出て移動を開始する。スマートフォンの地図アプリで先ほどの地点を確認した。徒歩で一時間ほどの距離だ。夜風にあたりながら河川敷を歩き、県境を越え、住宅地を進んだ。途中のコンビニエンスストアで休憩し、ペットボトルの飲み物を買った。

「絢音さんってどうなるのかな。やっぱり、体が見つかったら、成仏して消えちゃうのかな」

歩きながら、あおいが言った。

「どうかな。あの人、天国とか信じてないって言ってたからな」

成仏とはこの場合、極楽浄土や天国のような場所へ移動することを指すのだろう。何も信仰を持っていなくても、安寧(あんねい)の場所へ行けるものなのだろうか。そもそも、そういう場所があるのかさえ疑問だ。

気づくと涼が遅れている。呼吸が荒く、体力の消耗が激しそうだ。

「涼君、大丈夫？」

あおいが駆け寄る。彼は自嘲気味に言った。

「このくらいの運動で、情けないよな……」

悔しそうな表情だ。

「先に行っててくれ。俺は休んでから行く」

「私、涼君についてるね」

「わかった」

二人を残して僕は目的地へ急いだ。

ゴースト状態で飛び回っていたエリアに入る。住宅地に線路が伸びており、窓に明かりのついた電車が音をたてて通過していた。線路に沿って住宅地の外れの方へ進む。次第に周囲は殺風景になり、手つかずの土地が目立つようになった。

前方の茂みの向こうに鉄塔のシルエットが見える。星空を突くように高くそびえていた。スーツケースが埋まっていたのはその足元の地面だ。気づくと僕は走っていた。

線路沿いに三メートルほどの高さの金網で囲まれた土地があった。鉄塔が建っているのはその中だ。

　敷地内に入るには、金網をよじ登るしかなさそうだった。指を引っ掛けて、靴の先端を金網にねじ込み、体を持ち上げる。金網の一部に尖(とが)った箇所があったらしく、手の皮膚が裂けて、痛みが走った。金網を乗り越えて、敷地内に着地する。

　スーツケースの埋まっていた場所は、白い草花の真下あたりだった。見回すと、それらしい草花を発見する。ここだ。

　地面を掘ろうとして、道具が何もないことに気づいた。板切れを見つけて、それを利用する。ざくざくと地面に突き刺し、やわらかくなった泥を避けた。すこしずつだけど穴が広がっていく。

　泥が飛んで顔にあたった。汗が滴(したた)る。スマートフォンが鳴っていた。画面を確認すると、母からの着信だ。仕事を終えて帰ってみても、僕が家にいなかったので、居場所確認のために電話をかけてきたのだろう。僕はスマートフォンの電源を切り、穴掘りの作業に集中する。

　名前を呼ぶ声がした。いつのまにか涼とあおいが金網の向こうにいた。二人には金網を越えるほどの体力が残っていないようだ。作業を見守っている。

板切れの先端を穴の底に突き刺し、泥をすくう。その繰り返しだった。腕の筋肉が悲鳴をあげる。僕の荒い呼吸と、穴を掘る音だけが聞こえる。疲労が蓄積して、倒れ込みそうだ。

敷地のすぐそばを電車が通過した。窓の明かりが暗闇を切り裂き、スピードの乗った車体が轟音を響かせながら駆け抜けていく。

突き刺した板切れが、何かにぶつかった。衝撃で手がしびれる。泥を避けると、スーツケースの表面らしき部分が見える。色は銀色だ。

僕の様子を見て、涼とあおいが金網の向こうで声を発した。しかし疲労のせいで、うまく二人の声が聞こえない。あったのか？　見つけたの？　そういったことを質問されたようだ。汗が目に入り、泥まみれの腕で拭(ぬぐ)う。

スーツケースの上にのっていた泥を完全に取り払った。多少の傷はついていたが、表面は綺麗だ。人間を一人、折りたたんで入れられるサイズだった。金具を指で引っ掛けて動かしてみると、多少の引っかかりはあったが、パチンと音をたてて外れた。他に鍵らしきものは見当たらない。

僕はスーツケースを開けた。

金網の向こうから、涼とあおいの息を飲む気配がした。

スーツケースに収まっている彼女の姿を僕は見る。

「よっこらしょ」

彼女が起き上がり、背伸びをして、深呼吸した。

夜の空気を胸いっぱいに吸い込んで、満足そうにしながら僕を振り返る。

「ありがとう、友也君」

佐藤絢音はそう言って微笑む。

でも、それは幻だった。

スーツケースには、彼女の遺体が入っていた。

六

遅くに帰宅した僕を見て、母はすこしおどろいていた。僕が泥まみれの格好をしていたせいだろう。事情を聞かれたので、塾の帰りに不良にからまれた、と嘘をついた。疲弊した僕の表情から、遅くまで無断で遊び呆けていたわけじゃないとわかったらしい。母は僕の嘘を信じた。シャワーを浴びて眠り、そして夜が明けた。

九月一日。この日は十八歳以下の自殺者数が突出して多くなるそうだ。僕は全身の筋肉痛に耐えながら二学期初日の高校へ向かった。

見慣れた顔ぶれのクラスメイトたちが教室にいる。担任教師が入ってきて、朝のホームルームを開始する。夏休みは完全に終了し、日常がもどった。

「ねえ、聞いた？　うちの近所で、死体が見つかったんだって」

授業の合間の休憩時間、教室で声が聞こえた。

女子生徒の数名が机にあつまって会話している。

「朝起きたら、パトカーがたくさん止まってたわけ。夜中に通報があったらしいよ」

僕は机に伏せて眠っているふりをしながら、彼女たちの会話に耳をすます。

「みんな、パジャマで家の前に出て、何があったんだろうって噂してた」

彼女の母親が近所の人から事情を聞いたらしい。スーツケースに入った死体が線路沿いの土地で見つかった、と噂になっていたそうだ。

警察がきちんと仕事をしてくれたらしいとわかり安堵する。通報はいたずらだと判断されなかったようだ。昨晩、警察を呼んだのは僕とあおいと涼だ。しかし警察の到着を待たずに僕たちはその場を離れていた。スーツケースの表面はハンカチで拭き取っておいた。指紋をのこさないためだ。

帰宅する頃、スーツケースに入った遺体発見のニュースが全国放送されていた。さらに数日が経過し、遺体の身元が特定されたとの報道があった。佐藤絢音の名前と顔写真がテレビに映し出され、彼女は何らかの事件に巻き込まれた可能性があるなどと、警察が見解を発表する。男が警察に自首したのは、それからまもなくのことだった。

男はスーツケースの持ち主であり、三年前の台風の夜に佐藤絢音を車で轢いた人物だった。罪の意識に苛まれていた彼は、一連の報道を受け、ついに逃れられないと判断したようだ。警察にすべてを話し、佐藤絢音が死に至った経緯が明らかとなった。しかし、スーツケースを地中から掘り出して匿名で通報したのが何者なのかは最後までわからなかったという。

僕と涼とあおいは、メッセージでやり取りを続けた。事件についての続報が入る度に意見を交換する。

九月の半ば頃、休日の夕暮れに僕たちはあつまり、飛行場跡地で線香花火を行なった。佐藤絢音に会えるかどうかを試すためだ。彼女との対話は、遺体を発見した晩が最後だった。結局、線香花火をしても彼女は現れなかった。夏が過ぎたせいなのか、それとも遺体が発見されて満足し、成仏してしまったせいなのか、僕たちの間でも意見が割れた。

彼女の夢を見たのは、そんなある日のことだ。

夢の中で僕と佐藤絢音は遊園地のような場所を散歩していた。不思議なことに建物やアトラクションはすべて白色で、あきらかに現実の世界ではなかった。真っ白なメリーゴーラウンド、真っ白なジェットコースター、真っ白な花壇に、真っ白な植物。

佐藤絢音は浮いておらず、二本足で立って歩いている。僕と彼女以外に人は見当たらず、園内は、がらんとしていた。

「きみは、本当はどうしたいの?」

彼女が僕に話しかけてくる。

どのような文脈でそのような質問が行われたのか不明だ。

夢の中だから、文脈なんてかんがえるのは無意味なことかもしれないが。

「あれに乗ってみたいですね」

遠くの方に見える観覧車を指さす。

ゴンドラも白色で統一されていた。

「私は生きたかった。だから、きみにも、生きていてほしい」

立ち止まって彼女は僕を見る。

綺麗な顔立ちをしていた。

「絵を描けるのは生きている間だけ。死んだら絵筆は握れないよ」

ふと、しばらく絵を描いていないことを思い出す。

自分の中にはまだ、何かを描きたいという心は残っているのだろうか。

「絢音さんは、僕に、生きていてほしいんですか?」

再び歩きだした彼女を追いかける。

「もちろんよ」

「どうしてです？」

「私、年上の人がタイプだから」

予想の斜め上の回答だった。

「友也君、よくかんがえてみな。今、きみが死んだら、永久に私より年下だよ。正直、高校生は私の範囲外なんだよね。もうすこしだけ生きたら、私より年上になるからさ、それから死になさい。悪いことは言わないからさ。いい感じのおじさんになってから、こっちへおいで」

「……何か、気が抜けました」

「冗談だよ。だけど、生きていてほしいのは本当。年上がタイプなのも本当だけど」

佐藤絢音が僕の手をとった。

ひんやりとした、冷たい感触がある。

「私はきみに感謝してる。体を見つけ出してくれたおかげで、お母さんのところに帰ることができた。私、きみの人生が幸福であることを祈ってる。神様なんて、いるのかどうかわからないし、この祈りを、だれが叶えてくれるのかわからないけど、きみのことを思って祈っている私がいるってこと、忘れないで。じゃあね、友也君。さようなら」

彼女の言葉を最後に、目が覚めた。

自分の部屋の天井を見上げ、夢の余韻に浸った。


冬が近づくにつれ、涼は体調を崩すことが多くなった。病気は確実に彼の体を蝕んでいる。そのような時期に意外な連絡を彼からもらった。涼とあおいが、つきあいはじめたという。

二人がいつのまにそのような関係になっていたのか気づかなかった。僕の知らないところで、いろいろあったのだろうが、関知しないことにする。

お祝いのメッセージを送信すると、すぐに返信がある。画像が送られてきた。病室で二人が並んでいるツーショットだ。入院先のベッドで寝ている涼は、ひどく痩せていた。

十二月二十四日。塾で受験勉強を終えた僕は、帰宅せずに駅近くのビルへ向かった。行き交う人々は分厚いコートを着ている。クリスマスの音楽が街に溢れ、街路樹は電飾によって彩られている。カフェの窓にサンタクロースや十字架の飾りがぶら下がっていた。十字架を見ると、父がいつも大事にしていたロザリオのことを思い出す。

事前に下調べしておいたビルは、だれでも簡単に中に入ることができて、エレベーターで屋上へ上がることができた。屋上から地面までは充分な高さがあり、飛び降りた場合、失敗して生き残る確率もすくない。ビルの前の道は通行人もまばらで、だれかを巻き添えにすることもないだろう。

屋上を囲むようにフェンスがあった。後はそれを乗り越えて屋上の縁から身を投げ出せばいい。

冷たい風が頬(ほお)をなでていく。僕は参考書や問題集の詰まった重たい鞄を足元に置いた。フェンスに張り付くようにしながら街を見下ろす。駅周辺は栄えているためビルが密集していた。クリスマスの音楽は屋上までは聞こえず、風の音だけがする。

年が明けるまでには、死ぬつもりだった。だけど夢の中で交わした佐藤絢音との対話が引っかかっていた。

「私は生きたかった。だから、きみにも、生きていてほしい」

あれは夢であり、本物の佐藤絢音ではないのだ、と思うこともできる。しかし、だとすれば、僕の深層心理があの夢を見せたことになる。自分は心の奥底で本当は生きることを望んでおり、彼女の姿と声を作り出して、僕に訴えかけていたのだろうか。

それとも、あれは佐藤絢音本人からのメッセージだったのだろうか。お礼を言うために、わざわざ夢の中に出てきてくれたのだろうか。

屋上に来れば、自分が死にたいのか、死にたくないのか、はっきりするのではないかと期待していた。だけどまだ、よくわからない。

フェンスを乗り越えて、屋上の縁に立ってみようか。

試しに飛び降り自殺をする寸前の状態になってみようか。

案外、ふらりと飛べる気もする。

フェンスに指を引っ掛けようとした時、雪が降ってきた。白色の小さな粒が視界をゆっくりとよぎっていく。まるで羽毛でも舞っているかのようだった。頭上を見ると、夜空から次々と雪の粒が生み出されて街に降り注いでいる。

「私、きみの人生が幸福であることを祈ってる」

彼女の言葉と、それを口にした時の表情が、なぜか頭の中に浮かぶ。言葉を反芻（はんすう）すると胸の中にあたたかさが宿る。懐かしい衝動があった。頭の中のイメージが薄れてしまう前に、絵に描いておきたいという衝動だ。彼女の姿を描いて、この世に残したかった。

結局、その日は何もせず屋上を後にした。帰り道、中学時代に通った画材店がまだ開いていたので、新しいスケッチブックを購入した。

年末を過ぎても僕は死ななかった。

「もう死んだ?」

正月にあおいがそんなメッセージを送ってくる。

年末あたりに死ぬつもりだという話を覚えていたのだろう。

「まだ死んでないよ」

そのように返信した。

そもそも死んでいたら返信もできなかっただろうけど。

それからすこし迷って、さらにメッセージを追加する。

「すこしだけ、生きてみることにした」

七

線香花火の先端に火球が膨(ふく)らんだ。紙縒(こよ)りに包まれていた火薬が溶け、高温の雫(しずく)となってぶら下がる。

火球は上側よりも下側の方が明るく発色が良い。熱によって温められた周囲の空気が上昇気流を生み出し、下方向から酸素を送り込んでいるためだ。火球は小刻みに震えながら、やがて、ぱちぱちと火花を放ちはじめた。

一瞬、激しく光が放たれる。急に虫の声が消えて辺りは静かになった。この感覚は一年ぶりだ。時間がひきのばされ、この世とのつながりが希薄になっていく。この場所でしか生じない奇跡だ。

僕の横にあおいがいる。

反対側に涼が立っている。

三人で囲むように線香花火を見つめていた。

「ひさしぶりだね、こうやって三人であつまるの」

あおいが言った。

僕はうなずく。

「そうだね。最近ちょっと忙しくてさ。やっと帰ってこれたんだ。待たせてごめん」

「気にすんなよ。会えるだけでうれしいぜ。あれから一年も経ったのか」

涼は、夜明け前の空を仰いだ。

朝が訪れる寸前の空は、黒色というよりも、濃い青色だ。

僕は佐藤絢音の姿を思い浮かべていた。

儚く、淡い、不確かな存在の彼女のことを。

今年の夏はまだ、彼女の目撃情報を聞いていない。

「絢音さん、来ないね。残念」

あおいがつぶやいた。昨年の夏だったら、すでに現れているタイミングだ。しかし彼女の出てくる気配はない。

「きっと絢音さんは、心残りに思っていることがなくなったんだと思う。だから、次の場所に行くことができたんだ」

次の場所というのが、どんなところなのか、わからないけれど。僕たちはそのことを祝福すべきだ。

彼女はもう現れない。【サマーゴースト】の都市伝説も、そのうちに風化してだれも思い出さなくなるはずだ。それでも僕は、夏が来る度に、彼女のことを思い出すだろう。

「友也」

涼に声をかけられた。

「お前は最近、どうなんだ？　元気だったか？」

「美大を目指して浪人してる。ようやく一人暮らしをはじめたんだ。こっちになかなかもどってこられなかったのも、引っ越しやバイトで時間を取られてたせいなんだ」

この半年の出来事を思い出して感慨深い気持ちになる。

自殺を保留にして、僕はすこしの間、生きることにしたわけだが、大学進学という道は選ばなかった。受験の日、会場に行かず、スケッチブックを携えて海辺を散歩していた。気に入った風景があれば座ってその景色を描いた。僕が会場にいないことに気づいたのはだれだったのだろう。同じ大学を受験する顔見知りのだれかが気づいて大人に報告したのかもしれない。気づくとスマートフォンに何件もの着信があった。

母、担任教師、塾講師、それぞれが混乱し、憤り、嘆いていた。僕は人生を棒に振ったのだと大人たちは言う。本当にそうだろうか。複数の大学を受験する予定で願書を取り寄せ、受験料も振り込んでいたのだが、どの受験会場にも行かなかった。感情を顕にして喚いている大人たちから、僕は落伍者の烙印を押された。

卒業後の進路が無いままに高校を卒業することになった。僕の行動は校内にも知れ渡っており、廊下を歩いていると視線を感じた。優等生がついに受験のノイローゼで頭がおかしくなったなどと噂されていたらしい。どうでもいいことだ。

以前は母に反抗的な態度をとらなかった。従順に暮らすことで身を守っていたと言える。もう、そうしなくても良いのだと、思うようになったきっかけは何だったのだろう。自分の体が大人に近づいたことで、親に対して抱いていた絶対性のようなものが薄れたのだろうか。それとも、絵を描きたいという気持ちが母への畏怖を超えたのだろうか。自分の胸の内に宿った熱を、今度は大事に守り抜こうと決めていた。だれの言葉にもゆらぐことなく、みんなに笑われたとしても、僕は自分の中に生まれた衝動を信じたかった。

高校卒業後、自分の意志で、美術系大学の予備校へ通いはじめることにした。そのために母と戦った。母に対する親愛の情が消え去ったわけではない。遅くまで働いて家計を支えてくれた恩は感じている。これで母子の関係が破綻して消滅したとも思っていない。

「私があなたを生んだ。だからあなたが存在する」

母の主張する創造主としての立場を、心のどこかで尊重していた。だから逆らうことに負い目があった。でも今は、一人の対等な人間として母を見ている。だから負い目など感じる必要はないのだと割り切れる。

「優等生のふりをして暮らしていた方が楽だったのかなって、時々、思うよ」

母の冷笑と言葉による精神攻撃には辟易させられる。しかしようやく家を出ることができたので、これからは平穏な暮らしができるだろう。

僕が一人暮らしすることを、どこで聞きつけたのか、父から絵葉書が届いた。受験関連の騒動は近所でも噂になっていたので、父と懇意にしていたクリスチャンの一家が報告したのかもしれない。絵葉書には、イエス・キリストが天使たちに囲まれて空を飛んでいるイラストが印刷されており、僕の新生活に向けた応援の言葉が書かれていた。父が今現在、どこで暮らしているのかは長らく謎だったのだが、絵葉書には父の現住所も記載されている。いつの日か、一人暮らしに慣れた頃、父に会いに行ってみるのもいいだろう。

「死にたいという気分が、今は遠ざかってる。またそのうちに、かんがえるようになるのかもしれないけどね。死んだら絵を描けなくなる。絵を描きたいという気持ちがある間は、生きるつもりだ」

「それが聞けて安心した」

涼はうなずくと、次にあおいを見る。

「あおいも、生きることにしたんだな？」

「うん。最後に会った時、涼君、私に言ったよね。そうしてほしいって」

「ちゃんと伝わってたんだな。心配だったんだ、俺の言葉が届いたかどうか、わからなくて。あの日、俺、声が出てなかっただろ」

「口の動きでわかったよ。だから、聞こえたよ」

あおいが涼と最後に会ったのは、病室でのことだったという。その場に僕はいなかったが、彼はすっかり憔悴(しょうすい)しており、薬で意識も朦朧(もうろう)としていたそうだ。涼が亡くなったのは、彼女が病室を出て半日後のことだった。

線香花火の火球の周辺に、輝く光点がいくつも浮かんでいる。僕は線香花火から手を離していたが、時間が静止した状態だから、花火は落下せずに空中で固定されていた。

涼の姿は輪郭がぼやけており朧げな状態だった。一年前、僕たちが交流した【サマーゴースト】と同じように。眼の前に見えるのに、本質はどこか遠くに存在しているような、蜃気楼みたいな見え方だ。

「心残りだったんだぜ。あおいに、伝わったのかどうか、わからなくてさ」

「だからゴーストになって出てきたの？」

「あおいのことだから、聞き間違いしてる可能性あるだろ」

「しないよ。どれだけ信頼がないのよ」

あおいは頰を膨らませる。

「元気そうで、ほっとした。これで安心して俺も次の場所に行ける」

僕は気になって聞いた。

「次の場所って？　天国のこと？　本当にあるの？」

「さあな」

「そもそも、涼はどうして自殺しなかったんだ？」

入院直後はまだ身動きできていたはずだ。ベッドの上でも首を吊ることはできる。だけどそうしなかったのはなぜだろう。ずっと聞いてみたかったが、病気の進行が進んでしまうと気楽に話せるような状態ではなくなったから、質問できなかった。

涼は苦笑するように口の端をまげて僕を見る。

「友也が、生きることにしたって、メッセージに書いたせいだぞ。だから俺も、死ぬまで生きたんじゃないか」

「わかるような、わからないような」

「お前が死ななかったのに、俺だけ死んだら、格好悪いだろ」

「そんな問題か？」

「病気と最後まで戦った涼君、格好良かったよ」

あおいは泣いていた。涙が頬をぬらしている。

「すごく格好良かった。今、私ね、学校に行ってるよ。毎日、吐きそうだよ。死にたくて死にたくてしかたないよ。笑われてばかりだしさ、失敗してへこんで傷ついて、何もかも嫌になる。死にたくてつらくて悲しくて逃げ出したいよ。でもね、そういう時、涼君のことを思い出すの。最後まで戦った姿が目に浮かんできて、私は、立ち上がることができる。生きていこうって思える。だからね、一年前、知り合えて良かった。ありがとう、涼君」

涼が、あおいの頬に手をあてた。涙を拭うように指を動かす。しかし、朧げな涼の手は、頬や涙の雫をすり抜けてしまう。物質的な干渉はできないようだ。

涼はやさしい笑みを浮かべてあおいを見つめる。

「もっと長い時間、話ができたら良かったけどな。二人の魂を肉体から出すことができたら、もっとゆっくり話せたかもしれない」

「やってみたら?」

「今、試した。あおいに触れた時。でも、だめだった」

涼はそう言うと、僕の腕をつかもうとする。しかしすり抜けるだけで何も起きない。

「ほらな。お前もだめだ」

「なぜだろう?　修行が足りないんじゃないか?」

僕がそう言うと、彼は呆れた表情をする。

「なぜって、友也、わからないのか、そんな簡単なことも。お前たちがゴースト状態になれないのはな、お前たち二人の魂が、生きたがっているからだ。肉体を離れたがらない。だから取り出せないいんだよ。俺はそう確信してる」

線香花火の火花が散る。火球から飛び出した光の粒が空中に軌跡を描く。静止していた時間の流れが元通りになろうとしていた。

「そろそろ、おわかれみたいだな」

僕が言うと、あおいは涙を拭って、涼に笑顔を見せる。

「涼君、さようなら。あらためて、おわかれが言えて、良かった」

「俺もだ。話ができてうれしかったぜ、あおい。友也にも、感謝してる」

東の空が明るくなる。暗闇が朝に押されて遠ざかっていく。同時に涼の姿も薄くなった。

「じゃあな」

彼が軽く手を振った。

朝日が遠くから差して滑走路を照らし出すと、彼の輪郭は溶けるように消えた。

空は次第に夏の青さを思い出す。僕たちはすこしの間、彼の立っていた場所を見つめる。風が吹いて滑走路脇に生い茂る草が波打った。潮騒(しおさい)のような音が響く。

あおいをうながして街へもどることにした。金網の裂け目をくぐり抜け、敷地を後にする。

途中、丘の上から飛行場跡地を見下ろし、心の中で、佐藤絢音にわかれを告げた。
そして僕たちは、それぞれの生きる場所へもどった。

本書は書き下ろしです。

著者プロフィール

乙一……17歳のとき『夏と花火と私の死体』で第6回ジャンプ小説・ノンフィクション大賞を受賞しデビュー。2002年『GOTH　リストカット事件』で第3回本格ミステリ大賞を受賞。著書には『ZOO』『きみにしか聞こえない』『Arknoah』シリーズなど。複数の別名義で小説を執筆、安達寛高名義では映像作品の脚本、監督作品を発表している。

loundraw……イラストレーターとして10代でデビュー。『君の膵臓をたべたい』『君は月夜に光り輝く』など様々な作品の装画を担当。イラスト以外にも、アニメ、小説、漫画、作詞など多彩なクリエイティブを発揮。2019年1月にアニメーションスタジオ《FLAT　STUDIO》を設立、劇場アニメ『サマーゴースト』を監督。

サマーゴースト

2021年10月31日 第1刷発行

原案　loundraw
小説　乙一

装丁　有馬トモユキ（TATSDESIGN）
編集協力　長澤國雄
担当編集　六郷祐介
編集人　千葉佳余
発行者　瓶子吉久
発行所　株式会社 集英社
〒101-8050 東京都千代田区一ツ橋2-5-10
編集部 03-3230-6297
読者係 03-3230-6080
販売部 03-3230-6393（書店専用）
印刷所　凸版印刷株式会社

Printed in Japan ISBN978-4-08-790061-3　C0093

検印廃止

Floating Yuuna Ichinose

Novel: Otsuichi

となりのヤングジャンプで連載中!!

サマーゴースト

漫画　井ノ巳吉
原案　loundraw
映画脚本　安達寛高（乙一）

「スプートニクの少女」でヤングジャンプ40周年記念宇宙漫画賞・準大賞を受賞した、新鋭・井ノ巳吉が描く『サマーゴースト』!!

コミックス1巻　11月29日（月）発売!!